鴻儒堂的日本語工具書・HJT Press Japaness Textbook Series

日本語能力測驗 3 級對應　初級

日本語測驗
STEP UP
進階問題集

自我☑評量法

Self-graded
Japanese Language Test
Progressive Exericises
Beginning Level

up

step

星野惠子・辻 和子・村澤慶昭 著

鴻儒堂出版社

はじめに

　これから「日本語能力試験」を受ける準備をしなければならないが、どうやって勉強したらいいのかよくわからないという人や、準備の勉強をもう始めているけれど、力がまだまだ十分ではないという人は多いでしょう。そのようなみなさんは、ぜひこの本で勉強して、合格に必要な実力をつけてください。

この本の特色

①3級レベルの問題がたくさん入っている

　「日本語能力試験」の3級レベルの【文字・語彙】【文法】【読解】の問題がたくさん入っています。ほとんどの問題が実際の試験の問題と同じような形なので、試験問題の形式になれることができます。

②ステップからステップへ進む

　問題は「ステップ」に分けてまとめてあるので、勉強のプランが立てやすいでしょう。【文字・語彙】には品詞別に5つのステップがあります。また、【文法】には項目別に16のステップがあります。そして、【読解】には問題のタイプ別に大きい4つのステップがあります。

③自分で成績がチェックできる

　各ステップの最後に解答と成績欄があり、答えがすぐにチェックできます。成績のパーセンテージから自分の今の力がわかりますし、どこが弱いかを知ることもできます。「日本語能力試験」3級の合格ラインは60パーセントですが、目標は少し高めにおいて70パーセントの成績をめざしましょう。最後にある【模擬テスト】で70パーセントの成績がとれるように、【文字・語彙】【文法】【読解】のところで十分に勉強してください。

④解説のページで勉強ができる

　【文法】【読解】には、問題だけでなく、問題のとき方や答えの見つけ方を説明しているページがあります。この説明をよく見て理解し、勉強すれば、実力がどんどん上がるでしょう。

2000年11月　　　　　　　　　　　　　　　著者一同

前言

　有眾多的學習者，日後必須參加日語能力測驗，卻不知從何準備考試，或是已經著手準備考試，但實力仍有不足，對這類的學習者我們熱切的向你推薦本書，它可協助你具備通過檢定所需的實力。

本書之特色

①收錄豐富的3級題庫

　本書中收錄許多日本語能力測驗3級程度之「文字、語彙」、「文法」、「讀解」題庫，大多的題目形式都與實際考試相同，可幫助你即早適應。

②按步就班逐級而上

　試題是按照類別分階段設計而成，有利於你安排學習計劃。例如：「文字、語彙」按品詞分成五階段；「文法」則分為16節；「讀解」則按題型分為4節。

③可以自我檢測成績

　各節後面都附有解答和成績欄，可立即核對答案，可藉之瞭解自己的實力和較弱的地方，能力測驗3級雖然60分就算及格，但建議你提高標準至70分，請你用功準備在最後的模擬測驗務必達到70分以上。

④文法解說幫助學習

　「文法」與「讀解」部分不僅只有題目，還有解題方法，找尋正確答案之說明等。若能將說明詳閱並理解，必能日益增強你的實力。

2000年11月　編著者　啟

目　録

【實力評定測驗】

【文字・語彙】

【文法】

【讀解】

【模擬測驗】

本書之使用方法

本書分爲以下五個部分
1.「實力檢視測驗」2.「文字、語彙」
3.「文法」4.「讀解」5.「模擬測驗」

◇首先請利用「實力檢視測驗」來測
　試自己的程度，若得分在 50 ％以
　下，則必須好好加油，若在 50 ～ 70
　％之間，則要再加把勁來備考。
◇接著再請研讀本書的主要部分「文
　字、語彙」「文法」「讀解」。

〔文字、語彙〕
①1 ～ 5 節
　　計分爲名詞、動詞、形容詞＋副詞、
　　外來語＋敬語＋表現等節，各節內
　　容如下：
＜確認語句、漢字＞
　　自我確認重要單字的意思，漢字是
　　否瞭解。
＜挑戰漢字＞
　　有選擇正確假名與正確漢字二種題
　　型。
＜挑戰語彙＞
　　有填入適當單字於（　）中與選擇
　　意思相同句子等二種題型。

②綜合問題
　　　有各式各樣有關單字的問題，可
　考驗看看自己會多少。

この本の使い方
ほん　　つか　　かた

　この本には、次の 5 つの部分があります。

1【実力判定テスト】　　**2【文字・語彙】**　　**3【文法】**
　　じつりょくはんてい　　　　　　　もじ　ごい　　　　　　　ぶんぽう
4【読解】　　　**5【模擬テスト】**
　　どっかい　　　　　　　　も　ぎ

◆まず、はじめに【実力判定テスト】で自分の実力のレベルを
　　　　　　　　　じつりょくはんてい　　　じぶん　じつりょく
チェックしてください。このテストの点が50パーセント以下の
　　　　　　　　　　　　　　　　　　てん　　　　　　　　　　　いか
場合は、これからいっしょうけんめいに勉強してください。50
ばあい　　　　　　　　　　　　　　　　　　べんきょう
パーセントから 70 パーセントの場合は、もう少し勉強しなけ
　　　　　　　　　　　　　　ばあい　　　すこ　べんきょう
ればなりません。

◆次に、この本の中心部分【文字・語彙】【文法】【読解】をよく
　つぎ　　　ほん　ちゅうしんぶぶん　もじ　ごい　　　ぶんぽう　　どっかい
勉強します。
べんきょう

【文字・語彙】
もじ　　ごい

①ステップ 1 ～ 5

　ステップは、名詞、動詞、形容詞＋副詞、カタカナ語＋敬語＋
　　　　　　めいし　どうし　けいようし　ふくし　　　　　　ご　けいご
表現などに分かれています。各ステップの内容は次の通りで
ひょうげん　　わ　　　　　　　　　　かく　　　　　　ないよう　つぎ　とお
す。

〈語句、漢字をチェックするページ〉
　ごく　かんじ
　重要なことばの意味、漢字を知っているかどうか、自分で
　じゅうよう　　　　　いみ　かんじ　し　　　　　　　　　　　じぶん
チェックします。
〈漢字にチャレンジ〉
　かんじ
ひらがなを選ぶ問題と、漢字を選ぶ問題があります。
　　　　えら　もんだい　　かんじ　えら　もんだい
〈語彙にチャレンジ〉
　ごい
（　）にことばを入れる問題と、同じ意味の文を選ぶ問題が
　　　　　　い　もんだい　おな　いみ　ぶん　えら　もんだい
あります。

②総合問題
　そうごうもんだい
　いろいろなことばの問題が入っています。どれぐらいできる
　　　　　　　　もんだい　はい
か、自分でテストしてみましょう。
　じぶん

【文法】
ぶんぽう

①できますか？　130題

　文法の重要ポイントの問題が130題あります。まちがえたところはメモをしておいて、後のステップ1〜16でよく勉強してください。

②ステップ1〜16

　文法の項目別に16のステップに分かれています。問題の後にポイントのかんたんな説明があります。問題の答えをまちがえた場合は、説明を見てよく理解してください。できれば、例文もおぼえてしまいましょう。

③総合問題1・2
そうごうもんだい

　文法の重要項目の問題がいろいろ入っています。ステップ1〜16でしっかり勉強すれば、高い点が取れるはずです。どれだけできるか、自分でテストしてみてください。まちがえたところはもう一度、ステップ1〜16にもどって確かめましょう。

【読解】
どっかい

①ステップ1〜4

　ステップ1《どうして》と理由を聞く問題
　ステップ2《（　　　）に入るもの》を選ぶ問題
　ステップ3《正しいもの》を選ぶ問題
　ステップ4《二つ以上の質問》がある問題

　各ステップには、次の部分があります。

　といてみよう　ずばり！　とき方のポイント　とき方・答え

　まず〈れいだい〉をやってみましょう。

　ずばり！　とき方のポイントを見てとき方がわかったら、答えを選びます。答えをチェックして、まちがっていたら、もう一度とき方を見て考えてみましょう。

〔文法〕
①你會嗎？　130題
　　備有130題文法重點問題，你可以將答錯的地方做記號，再於後面之1～16節中仔細研讀。

②1～16節
　　將文法按項目別區分為16節，於題目後將重點簡單解說，若是你答錯了，閱讀解說至瞭解為止，並儘可能的將其例句一併記住。

③綜合問題1、2
　　文法重要項目的各類問題都有，若你已將1～16節確實研讀，必定可以拿到高分，請測試一下自己的實力，若有答錯，則請再回頭至1～16節再確認。

〔讀解〕
①1～4節
　　第1節　《為什麼》詢問理由之題目
　　第2節　《填入（　）內》選擇適合者之題目
　　第3節　選《正確者》之題目
　　第4節　有《二個以上問題》之題目
各節包括以下三個部分
答看看！　命中！答題要點　題解・答案
首先請做＜例題＞
再看　命中！答題要點，瞭解要領之後再選擇正確答案，核對看看是否答對，若答錯了，請再看題解，想想看！哪裡錯了？

<挑戰問題>＋<填充>

此一部分的問題與<例題>相同題型，做答後核對答案，若答錯，則請再做<填充>，做<填充>可以幫助你瞭解文章的重點，做完後再回頭讀一次文章，你便可以知道為何答錯了。

②綜合問題

各式問題計 11 題，可藉以測試自己會多少。

◆〔文字、語彙〕〔文法〕於各節終了，〔讀解〕於最後都備有成績欄，請務必利用來檢視自己的成績，自己的得分有幾％，可塗上顏色或加上記號，以便一目瞭然。

◆本書最後備有〔模擬測驗〕挑戰看看是否能夠跨越 70 ％答題正確率之及格線。將此一〔模擬測驗〕之成績與〔實力檢定測驗〕之成績相較看看，相信只要你確定研讀各節，成績必有進步。

〈チャレンジ問題〉＋〈タスク〉

この問題は、〈れいだい〉でれんしゅうしたのと同じタイプの問題です。問題をやってから答えをチェックして、まちがっていたら、〈タスク〉をやってみます。〈タスク〉をやると、文章のポイントがわかります。〈タスク〉の後で、もう一度問題文を読んでみると、どうしてまちがえたか、きっとわかるでしょう。

②総合問題

いろいろなタイプの問題が 11 題あります。どれぐらいできるか、自分でテストしてみましょう。

◆【文字・語彙】【文法】は、各ステップの終わりに成績欄があります。【読解】は 4 ステップの最後に成績欄があります。そこで必ず自分の成績をチェックしてください。自分の得点が何パーセントになるかは、色をぬったり印をつけたりすると、すぐにわかります。

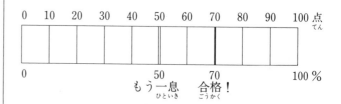

◆最後に【模擬テスト】があります。70 パーセントの正解が試験の合格ラインと考えて、チャレンジしてみましょう。この【模擬テスト】の成績と【実力判定テスト】の成績を比べてみてください。各ステップをしっかり勉強していれば、必ず成績は上がっているはずです。

実力判定

じつりょくはんてい

テスト

文字・語彙
もじ ごい

問題Ⅰ ＿＿＿の ことばは どう 読みますか。1・2・3・4から いちばん
いい ものを 一つ えらびなさい。

問1 にもつが (1)重いので、(2)主人に 駅まで (3)送って もらった。

(1) 重い　1. かるい　　　2. じゅうい　　　3. おそい　　　4. おもい
(2) 主人　1. しゅじん　　2. しゅにん　　　3. しゅうじん　　4. しゅうにん
(3) 送って 1. もって　　　2. おくって　　　3. かえって　　　4. まって

問2 (1)今朝 早く (2)急行で (3)出発したが、じこの ために (4)着くのが おくれた。

(1) 今朝　　1. いまあさ　　2. こんあさ　　3. けさ　　　4. けっさ
(2) 急行　　1. きゅうこう　2. きゅうこ　　3. きゅこう　4. きゅっこう
(3) 出発　　1. しゅっはつ　2. ではつ　　　3. しゅぱつ　4. しゅっぱつ
(4) 着く　　1. ぬく　　　　2. つく　　　　3. きく　　　4. すく

問題Ⅱ ＿＿＿の ことばは 漢字を つかって どう 書きますか。
1・2・3・4から いちばん いい ものを 一つ えらびなさい。

問1 お金を (1)かしたり (2)かりたりする ときは、よく (3)ちゅういした ほうが いい。

(1) かしたり　1. 返したり　2. 貸したり　3. 借したり　4. 買したり
(2) かりたり　1. 借りたり　2. 買りたり　3. 書りたり　4. 貸りたり
(3) ちゅうい　1. 中意　　　2. 注以　　　3. 中以　　　4. 注意

問2 この (1)まちは 65さい(2)いじょうの 人が (3)おおいが、みんな (4)げんきだ。

(1) まち　　　1. 国　　　　2. 町　　　　3. 村　　　　4. 道
(2) いじょう　1. 以上　　　2. 以場　　　3. 意上　　　4. 意場
(3) おおい　　1. 多い　　　2. 大い　　　3. 小い　　　4. 白い
(4) げんき　　1. 天気　　　2. 元気　　　3. 電気　　　4. 病気

問題III つぎの 文の ＿＿の ところに 何を 入れますか。1・2・3・4から
いちばん いい ものを 一つ えらびなさい。

(1) おせわに なった あの 方に ぜひ ＿＿＿＿を 言いたい。
　　1. おかげ　　　　2. おいわい　　　　3. おたく　　　　4. おれい

(2) きょうは ＿＿＿＿の 20ページから 30ページまで 勉強した。
　　1. テスト　　　　2. テキスト　　　　3. テニスコート　　4. テープ

(3) めがねを かけると、字が ＿＿＿＿ 見えます。
　　1. はっきり　　　2. そっくり　　　　3. うっかり　　　　4. びっくり

(4) あそこに 同じような 家が 4＿＿＿＿ ならんで います。
　　1. さつ　　　　　2. こ　　　　　　　3. だい　　　　　　4. けん

(5) この いけは ＿＿＿＿から、およがない ほうが いい。
　　1. ふかい　　　　2. にがい　　　　　3. ねむい　　　　　4. まずい

(6) 日が ＿＿＿＿と あぶないから、早く 帰りなさい。
　　1. くれる　　　　2. あける　　　　　3. はいる　　　　　4. とまる

問題IV つぎの＿＿＿＿の 文と だいたい 同じ いみの 文は どれですか。
　　　　1・2・3・4から いちばん いい ものを 一つ えらびなさい。

(1) 学生の せきは きまって いる。
　　1. 学生は 同じ 服を 着る。　　　　2. 学生は 同じ 時間に 勉強する。
　　3. 学生は 同じ ところに すわる。　　4. 学生は 同じ 先生に 習う。

(2) これから どちらへ いらっしゃいますか。
　　1. どこに いますか。　　　　　　　2. どこへ 行きますか。
　　3. だれが 来ますか。　　　　　　　4. だれが 行きますか。

文法
ぶんぽう

問題Ⅰ （　　）の　ところに　何を　入れますか。　1・2・3・4から　いちばん
　　　　いい　ものを　一つ　えらびなさい。

(1) つぎに　かりる　人が　待って　いますから、今週の　土曜日（　　）　この　本を
かえして　ください。
　　　1. まで　　　　　　　2. までに　　　　　　3. より　　　　　　4. よりは

(2) そんな　ことは　だれ（　　）　知って　います。
　　　1. も　　　　　　　　2. が　　　　　　　　3. を　　　　　　　4. でも

(3) A「かのじょ、もう　30さいだ　そうだよ。」　B「へえ、（　　）は　見えないね」
　　　1. こう　　　　　　　2. ああ　　　　　　　3. そう　　　　　　4. どう

(4) ええっ、ハンバーガーを　6つ（　　）　食べたの。
　　　1. を　　　　　　　　2. が　　　　　　　　3. も　　　　　　　4. に

(5) あなたは　日本の　料理を　作る　こと（　　）　できますか。
　　　1. を　　　　　　　　2. が　　　　　　　　3. に　　　　　　　4. の

(6) きみ、そんなに　（　　）。さけは　飲みすぎると　体に　よくないよ。
　　　1. 飲め　　　　　　　2. 飲むな　　　　　　3. 飲まない　　　　4. 飲めない

(7) しゅくだいが　（　　）すぎて、ねる　時間が　ありません。
　　　1. 多　　　　　　　　2. 多い　　　　　　　3. 多く　　　　　　4. 多くて

(8) いつ　どこで　じしんが　起きる（　　）、だれにも　わからない。
　　　1. か　どうか　　　　2. ことか　　　　　　3. か　　　　　　　4. が

(9) ひこうきに　のる　前に、にもつの　（　　）を　しらべます。

1. 重い
おも
2. 重さ
3. 重く
4. 重かった

(10) 朝　8時ごろに　なると、電車が　だんだん　こんで　（　　）。

1. おきます
2. います
3. あります
4. きます

(11) ビルさんが　急に　国へ　帰った（　　）　ことを　聞いて、びっくりしました。
きゅう　　　　かえ

1. と
2. の
3. いう
4. と　いう

(12) うちの　子は　やさいを　（　　）　食べないので、こまります。

1. いやで
2. きらいで
3. いやがって
4. きらいがって

(13) ヤンさんが　朝　早く　出かける（　　）を　見ました。
あさ　はや

1. の
2. こと
3. とき
4. もの

(14) 天気が　よければ、あしたは　早く　出発する　（　　）です。
しゅっぱつ

1. ところ
2. ばかり
3. つもり
4. ばあい

(15) バスは　15分（　　）　出発します。

1. おきに
2. ずつ
3. まで
4. 間に

(16) A「きのう、うちの　かぎを　なくしちゃったんだ。」

　　B「（　　）　どうしたの。」

　　A「友だちの　ところに　とめて　もらったんだ。」

1. それに
2. それから
3. それと
4. それで

(17) どうぞ、ゆっくり　して　ください。おそくなったら、弟に　車で　（　　）。
おとうと

1. 送られます
2. 送らせます
3. 送ります
4. 送らされます

(18) 山下さんに 会いました。とても （　　） そうでした。
　　 1. 元気な　　　　　2. 元気　　　　　3. 元気の　　　　　4. 元気だ

(19) ニュースに よると、駅前に 新しい ビルが できる （　　）。
　　 1. ことだ　　　　　2. と 思う　　　　3. そうだ　　　　　4. らしいだ

(20) 黒木さんは 入院して いるから、今日 ここへ 来る （　　）。
　　 1. はずが ない　　2. ことが ない　　3. のでは ない　　4. そうでは ない

問題II （　　）の ところに 何を 入れますか。 1・2・3・4から いちばん
いい ものを 一つ えらびなさい。

(1) A「あのう、今日は 少し 早く 帰らせて ください。」　B「はい、（　　）」
　　 1. わかりました　　2. おねがいします　　3. 帰らせます　　　4. 帰りましょう

(2) A「あ、雨ですよ。かさを 貸して あげましょうか。」　B「（　　）。」
　　 1. いいですよ、どうぞ　　　　　　　2. いいんですか、ありがとう
　　 3. あした、かえして ください　　　　4. ええ、そうして ください

(3) A「あの 教室を どうぞ 使って ください。かぎを 開けて おきましたから。」
　　 B「（　　）んですね。どうも すみません。」
　　 1. 開いて いる　　2. 開けて いる　　3. 開いて ある　　4. 開けて おく

(4) A「そんな あぶない ことは しない ほうが いい。」
　　 B「はい、（　　） つもりです。」
　　 1. する　　　　　　2. した　　　　　　3. しない　　　　　4. しません

(5) A「これ、お使いに なりませんか。」　B「ありがとう ございます。（　　）。」
　　 1. 使わせられます　　　　　　　　　2. 使わせて くださいます
　　 3. お使い します　　　　　　　　　　4. 使わせて いただきます

読解
どっかい

問題Ⅰ つぎの (1)〜(5)の 文を 読んで、質問に 答えなさい。答えは、
　　　　1・2・3・4から いちばん いい ものを 一つ えらびなさい。

(1)

　夏の 午後、はしもとさんが 家に 来ました。はしもとさんは へやに 入ると、
「ああ、あつい、あつい」と 言いました。わたしは、クーラーを もっと 強く
しようと しましたが、はしもとさんは、「いいえ、今の ままで けっこうです」と
言いました。はしもとさんが、「あつい」と 言ったのは、外が とても あついと
いう 意味だったのです。はしもとさんの 話に よると、冬 あたたかい へやに
入った とき、「さむい、さむい」と 言う 人も 多い そうです。

【質問】 はしもとさんは、どうして 「いいえ、今の ままで けっこうです」と
　　　　　　言いましたか。

　1. へやは あつかったからです。　　　2. へやは あつくなかったからです。

　3. へやは さむくなかったからです。　4. 外は あつくなかったからです。

(2)

　夕方の 空の 赤い 色は とても きれいですね。でも、夕方の 空が 赤いのは
ほんとうは あまり いい ことでは ないのです。空気の 中に こまかい ごみが
たくさん あると、夕方の 空は 赤く なるのだそうです。それで、東京の ような
大きい 町の ほうが、いなかより 夕方の 空が 赤く なるのでしょう。

【質問】 「あまり いい ことでは ない」のは どうして ですか。

　1. 空気が ごみで よごれて いるから。

　2. 東京の 町は いなかより 大きいから。

　3. 夕方に なると 空気の 中の ごみが 多く なるから。

　4. 大きい 町の 空気の ごみは こまかいから。

(3)

「(　　　　　　)」と　外国人に　よく　聞かれる。たしかに、人に　何かを
聞かれても、はっきり　答えない　日本人は　多い。知らない　人には　あいさつを
しない　しゅうかん。店の　人は　あいさつを　するが、きゃくは　あいさつを　かえす
ひつようは　ないと　いう　考えも　ある。これは、あいさつを　する　人が　だれで
あっても、人を　大切に　すると　いう　てんから　見ると、よくない　ことだ。

（水谷　修「日本語よ－5」　朝日新聞 1996 年 5 月 5 日。一部改）

【質問】　（　）に　入れるのに　いちばん　いい　ものを　えらびなさい。
　1.　なぜ　外国人は　へんじを　しないのでしょう。
　2.　なぜ　日本人は　へんじを　しないのでしょう。
　3.　なぜ　店の　人は　あいさつを　するのでしょう。
　4.　なぜ　店の　人は　へんじを　しないのでしょう。

(4)

わたしは　自転車に　よく　のる。せまい　道でも　走る　ことが　できるし、ガソリンも
いらない。これが　自転車の　いい　てんだ。しかし、雨の　日や　ゆきの　日には
たいへん　使いにくい。これが　自転車の　ふべんな　てんだと　思う。

【質問】　正しい　ものは　どれですか。
　1.　自転車は　いい　てん　ばかりで、たいへん　べんりだ。
　2.　自転車は　使いにくくて、ふべんな　ものだ。
　3.　自転車には、べんりな　てんも　あるし、ふべんな　てんも　ある。
　4.　雨の　日や、ゆきの　日には　自転車に　のらない　ほうが　いい。

(5)

　来月の　会議の　よていが　かわりましたので、お知らせします。
　会議は　毎週　月曜日に　なりました。午後 2 時から　3 時半まで　です。ばしょは
今までと　同じ　5 かいの　会議室です。始まる　時間が　1 時間　早く　なったので、
おくれないように　注意して　ください。

【質問】 上の 文と あう ものは どれですか。

1. 今までの 会議は 月曜日でした。
2. 今までの 会議は 3時からでした。
3. 今までの 会議は べつの かいでした。
4. 今までの 会議は 1時間でした。

問題Ⅱ つぎの 文を 読んで、質問に 答えなさい。答えは 1・2・3・4・から いちばん いい ものを 一つ えらびなさい。

　おなかが すいた とき、おなかが 「グーグー」と なる ことが ある。これは 「おなかの むしが なく」とも 言う。毎日 12時に なると かならず おなかの むしが なきはじめる 人も いる そうだ。時計の ように 時間を 知らせるから、べんりだが、そばに 人が いる ときは、ちょっと はずかしい。そばに 人が いる とき おなかの 音が 止められると いいけれど、それは むずかしい。

【質問1】 正しい ものは どれですか。

1. おなかが すいた とき かならず おなかが 「グーグー」と なる。
2. 「グーグー」と いう おなかの 音は 時計の 音の ようだ。
3. 「グーグー」と いう 音は おなかの 中に いる むしが 出す。
4. 12時に なると おなかの 音で 時間が わかる 人も いる。

【質問2】 何が 「むずかしい」と 言って いますか。

1. お昼に かならず おなかを ならす こと。
2. 音を 止める こと。
3. 人が そばに いる とき おなかを ならす こと。
4. 時計の ように 時間を 知らせる こと。

実力判定テスト　解答

文字・語彙　解答

問題Ⅰ ［4点×7問］　問1 (1) 4　(2) 1　(3) 2　問2 (1) 3　(2) 1　(3) 4　(4) 2

問題Ⅱ ［4点×7問］　問1 (1) 2　(2) 1　(3) 4　問2 (1) 2　(2) 1　(3) 1　(4) 2

問題Ⅲ ［5点×6問］　(1) 4　(2) 2　(3) 1　(4) 4　(5) 1　(6) 1

問題Ⅳ ［7点×2問］　(1) 3　(2) 2

文字・語彙　成績　＿＿／100点

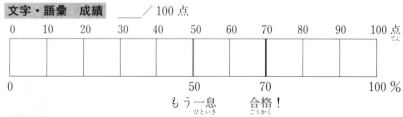

文法　解答

問題Ⅰ ［4点×20問］　(1) 2　(2) 4　(3) 3　(4) 3　(5) 2　(6) 2　(7) 1　(8) 3　(9) 2　(10) 4　(11) 4　(12) 3　(13) 1　(14) 3　(15) 1　(16) 4　(17) 2　(18) 2　(19) 3　(20) 1

問題Ⅱ ［4点×5問］　(1) 1　(2) 2　(3) 1　(4) 3　(5) 4

文法　成績　＿＿／100点

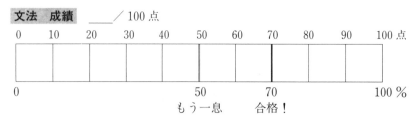

読解　解答

問題Ⅰ ［14点×5問］　(1) 2　(2) 1　(3) 2　(4) 3　(5) 2

問題Ⅱ ［15点×2問］　【質問1】4　【質問2】2

読解　成績　＿＿／100点

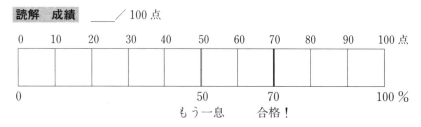

文字・語彙
もじごい

ステップ1《名詞 レベル1》

ことばの いみを 自分で テストしましょう。いみを 知って いる ことばは、
□に チェックマークを 入れて ください。46番から あとの ことばは
[ ]の 中に 漢字を 書きましょう。

□ 1. あいさつ　　□ 2. あかちゃん　　□ 3. いなか　　□ 4. うけつけ　　□ 5. うそ

□ 6. おと　　□ 7. おみやげ　　□ 8. おもちゃ　　□ 9. かがみ　　□ 10. かたち

□ 11. かみ（の毛）　　□ 12. かんごふ　　□ 13. きかい（を 使う）　　□ 14. くうこう

□ 15. くさ　　□ 16. （空の）くも　　□ 17. けいかん　　□ 18. けが　　□ 19. けんか

□ 20. こうつう　　□ 21. ごみ　　□ 22. しあい　　□ 23. じこ

□ 24. じしん（で 家が こわれる）　　□ 25. しゅみ　　□ 26. じゅんび

□ 27. せいかつ　　□ 28. せつめい　　□ 29. そうだん　　□ 30. そつぎょう

□ 31. そふ　　□ 32. ち（が 出る）　　□ 33. てんきよほう　　□ 34. ねだん

□ 35. ねつ　　□ 36. ひきだし　　□ 37. ふとん　　□ 38. へんじ　　□ 39. ほし

□ 40. （お）まつり　　□ 41. まんが　　□ 42. みずうみ　　□ 43. むすこ

□ 44. やくそく　　□ 45. （お）ゆ

□ 46. あじ[   ]   □ 47. おわり[   ]   □ 48. かいわ[   ]

□ 49. かじ（で　家が　やけた）[   ]   □ 50. きもち[   ]   □ 51. きもの[   ]

□ 52. きんじょ[   ]   □ 53. こたえ[   ]   □ 54. じ（を　書く）[   ]

□ 55. しけん[   ]   □ 56. したぎ[   ]   □ 57. しゃちょう[   ]

□ 58. （一）しゅうかん[   ]   □ 59. しゅじん[   ]   □ 60. しょうがつ[   ]

□ 61. しょくじ[   ]   □ 62. すいどう[   ]   □ 63. だいがくせい[   ]

□ 64. たいふう[   ]   □ 65. ちから[   ]   □ 66. ちず[   ]

□ 67. てんいん[   ]   □ 68. とおり[   ]   □ 69. にゅうがく[   ]

□ 70. はつおん[   ]   □ 71. （お）はなみ[   ]   □ 72. ひるま[   ]

□ 73. ひるやすみ[   ]   □ 74. まんなか[   ]   □ 75. ゆうはん[   ]

□ 76. ようじ[   ]

漢字チェック　1〜45：参考（常用漢字）、**46〜76**：初級の漢字

1. ―　2. 赤ちゃん　3. 田舎　4. 受け付け／受付　5. ―　6. 音　7. お土産　8. ―　9. 鏡
10. 形　11. 髪　12. 看護婦　13. 機械　14. 空港　15. 草　16. 雲　17. 警官　18. ―　19. ―
20. 交通　21. ―　22. 試合　23. 事故　24. 地震　25. 趣味　26. 準備　27. 生活　28. 説明
29. 相談　30. 卒業　31. 祖父　32. 血　33. 天気予報　34. 値段　35. 熱　36. 引き出し
37. 布団　38. 返事　39. 星　40. 祭り　41. 漫画　42. 湖　43. 息子　44. 約束　45. 湯
46. 味　47. 終わり　48. 会話　49. 火事　50. 気持ち　51. 着物　52. 近所　53. 答え
54. 字　55. 試験　56. 下着　57. 社長　58. 週間　59. 主人　60. 正月　61. 食事　62. 水道
63. 大学生　64. 台風　65. 力　66. 地図　67. 店員　68. 通り　69. 入学　70. 発音
71. 花見　72. 昼間　73. 昼休み　74. 真ん中　75. 夕飯　76. 用事

漢字にチャレンジ

問題Ⅰ ＿＿＿＿の ことばは どう 読みますか。1・2・3・4から いちばん
いい ものを 一つ えらびなさい。

問1 ここからは 出られません。⑴後ろの ⑵出口から 出て ください。

 (1) 後ろ   1. うしろ   2. ごろ   3. あとろ   4. こうろ

 (2) 出口   1. しゅつこう   2. だしぐち   3. でぐち   4. でくち

問2 買った ⑴品物が よくない ばあいは、⑵店員に 言えば とりかえて くれる。

 (1) 品物   1. ひんぶつ   2. しなもの   3. ひんもの   4. しなぶつ

 (2) 店員   1. みせいん   2. てんいん   3. ていん   4. てんい

問3 「⑴電気」と 「⑵天気」は、⑶発音が にて いるので、まちがえやすい。

 (1) 電気   1. でんき   2. でき   3. てんき   4. てき

 (2) 天気   1. ていき   2. てんき   3. でっき   4. でんき

 (3) 発音   1. はつおと   2. ぱつおん   3. はつおん   4. はっつおん

問4 ⑴夕飯は 何に しますか。⑵肉と ⑶魚と どちらが いいですか。

 (1) 夕飯   1. ゆうはん   2. ゆうごはん   3. ばんごはん   4. ひるはん

 (2) 肉   1. まめ   2. にく   3. さかな   4. たまご

 (3) 魚   1. うお   2. ぎょ   3. にく   4. さかな

問5 この ⑴紙に ⑵名前を 書いて ください。⑶校長先生の サインも いります。

 (1) 紙   1. かんみ   2. かがみ   3. かみ   4. がみ

 (2) 名前   1. めいぜん   2. みょうぜん   3. なめい   4. なまえ

 (3) 校長   1. こちょう   2. こうちょう   3. こうちょ   4. こちょ

問6 (1)<u>特急</u>は、(2)<u>台風</u>の　ために、しばらく　(3)<u>運転</u>を　やめて　います。

(1) 特急　　1. とくきゅう　　2. とくべつ　　　3. とっきゅ　　　4. とっきゅう

(2) 台風　　1. たいふう　　　2. だいふう　　　3. たいかぜ　　　4. だいかぜ

(3) 運転　　1. うんどう　　　2. うてん　　　　3. うってん　　　4. うんてん

問題II　　□□の　中には　どんな　漢字が　入りますか。1・2・3・4から
　　　いちばん　いい　ものを　一つ　えらびなさい。

(1) ふとらない　ように、毎日　□動を　して　います。[1. 体　2. 運　3. 道　4. 走]

(2) □事が　あるので、これから　出かけます。　　　[1. 用　2. 大　3. 洋　4. 有]

(3) □行電車は　小さい　駅には　とまりません。　　[1. 急　2. 九　3. 休　4. 早]

(4) この　工□で　ビデオが　作られて　いる。　　　[1. 所　2. 業　3. 場　4. 館]

(5) ここは　昼□は　にぎやかだが、夜は　しずかだ。[1. 時　2. 間　3. 後　4. 中]

問題III　　＿＿＿の　ことばは　漢字で　どう　書きますか。1・2・3・4から
　　　いちばん　いい　ものを　一つ　えらびなさい。

問1 明日の　(1)<u>しけん</u>に　ついて、何か　(2)<u>しつもん</u>が　ありますか。

(1) しけん　　　1. 試研　　　　2. 仕験　　　　3. 試験　　　　4. 仕研

(2) しつもん　　1. 質問　　　　2. 室問　　　　3. 答問　　　　4. 算問

問2 この　(1)<u>とおり</u>を　まっすぐ　行くと、わたしの　(2)<u>こうこう</u>が　あります。
　　(3)<u>きょうかい</u>の　前です。

(1) とおり　　　1. 通り　　　　2. 道り　　　　3. 近り　　　　4. 遠り

(2) こうこう　　1. 交校　　　　2. 高校　　　　3. 校高　　　　4. 高交

(3) きょうかい　1. 今日会　　　2. 今日回　　　3. 教会　　　　4. 教回

問題Ⅰ つぎの 文の ＿＿＿＿の ところに 何を 入れますか。

1・2・3・4から いちばん いいものを 一つ えらびなさい。

(1) 「くすりの はこは どこ?」「その ＿＿＿＿＿の 上よ」

   1. たたみ   2. たな   3. かべ   4. もん

(2) 地図を 見ながら 行ったが、＿＿＿＿＿が わからなく なって しまった。

   1. 土地   2. 道   3. じゅうしょ   4. こうつう

(3) となりの いえの 子どもに 電車の ＿＿＿＿＿を あげたら、とても よろこんだ。

   1. しなもの   2. したぎ   3. ちゅうしゃ   4. おもちゃ

(4) 大事な ものは つくえの ＿＿＿＿＿に しまった ほうが いいですよ。

   1. ひきだし   2. はこ   3. かがみ   4. さいふ

(5) ＿＿＿＿＿を わたる ときは、十分 注意しましょう。

   1. 自動車   2. かいだん   3. こうさてん   4. 電車

(6) あの ビルは へんな ＿＿＿＿＿を して いますね。ふねの ようです。

   1. いろ   2. かたち   3. うみ   4. たてもの

(7) 東京は 人や 車が 多すぎる。しずかな ＿＿＿＿＿で くらしたいと 思う。

   1. いなか   2. こうじょう   3. くうこう   4. みち

(8) 雨の 日は かさの ＿＿＿＿＿が 多く なる。

   1. われもの   2. わすれもの   3. ごみ   4. じこ

(9) わたしは かれと けっこんする ＿＿＿＿＿を しました。

   1. こたえ   2. ゆびわ   3. けんか   4. やくそく

問題II つぎの ＿＿＿＿ の 文と だいたい 同じ いみの 文は どれですか。

　　　1・2・3・4から いちばん いい ものを 一つ えらびなさい。

(1)　かないは　かんごふです。

　　1．わたしの　母は　病院で　はたらいて　います。

　　2．わたしの　つまは　会社に　つとめて　います。

　　3．わたしの　母は　会社に　つとめて　います。

　　4．わたしの　つまは　病院で　はたらいて　います。

(2)　お金は　さいしょに　はらいます。

　　1．お金は　あとで　はらいます。

　　2．お金は　いちばん　はじめに　はらいます。

　　3．お金は　おわりに　はらいます。

　　4．お金は　ぜんぶ　はらいます。

(3)　毎朝　社長に　あいさつを　する。

　　1．毎朝　社長に　「おはようございます。」と　言う。

　　2．毎朝　社長に　「おやすみなさい。」と　言う。

　　3．毎朝　社長に　「おめでとうございます。」と　言う。

　　4．毎朝　社長に　「おかえりなさい。」と　言う。

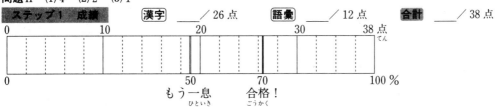

ステップ1　解答

漢字にチャレンジ　　問題I　問1(1)1　(2)3　問2(1)2　(2)2　問3(1)1　(2)2　(3)3　問4(1)1　(2)2
(3)4　問5(1)3　(2)4　(3)2　問6(1)4　(2)1　(3)4　問題II　(1)2　(2)1　(3)1　(4)3　(5)2
問題III　問1(1)3　(2)1　問2(1)1　(2)2　(3)3

語彙にチャレンジ　　問題I　(1)2　(2)2　(3)4　(4)1　(5)3　(6)2　(7)1　(8)2　(9)4
問題II　(1)4　(2)2　(3)1

ステップ1　成績　　漢字 ＿＿＿／26点　　語彙 ＿＿＿／12点　　合計 ＿＿＿／38点

0　　　　　10　　　　　20　　　　　30　　　38点
　　　　　　　　　　　　　　　　　　　　　　てん

0　　　　　　　　　50　　　　70　　　　　100％
　　　　　　　　もう一息　　合格！
　　　　　　　　ひといき　　ごうかく

ステップ2《名詞　レベル2》

　ことばの　いみを　自分で　テストしましょう。いみを　知って　いる　ことばは、
□に　チェックマークを　入れて　ください。43番から　あとの　ことばは
[　　　]の　中に　漢字を　書きましょう。

□ 1. あんない　　□ 2. おいわい　　□ 3. おみまい　　□ 4. おもて　　□ 5. おれい

□ 6. かいぎ　　□ 7. かべ　　□ 8. かんけい　　□ 9. ぎじゅつ　　□ 10. きせつ

□ 11. きそく　　□ 12. きゃく　　□ 13. きょういく　　□ 14. きょうみ

□ 15. けいざい　　□ 16. しっぱい　　□ 17. (悪い)しゅうかん　　□ 18. すいえい

□ 19. (へやの) すみ　　□ 20. せいじ　　□ 21. せんそう　　□ 22. せんぱい

□ 23. せんもん　　□ 24. ちゅうしゃじょう　　□ 25. つま　　□ 26. におい

□ 27. ばあい　　□ 28. ばい　　□ 29. はいしゃ　　□ 30. ひげ　　□ 31. ぶんか

□ 32. ぼうえき　　□ 33. ほうそう　　□ 34. みなと　　□ 35. むかし

□ 36. ゆしゅつ　　□ 37. ゆめ　　□ 38. よてい　　□ 39. よやく　　□ 40. りゆう

□ 41. るす　　□ 42. れきし

□ 43. いがく [　　　]　　□ 44. いけん [　　　]　　□ 45. うりば [　　　]

□46. おくじょう [　　　] □47. かいじょう [　　　] □48. きぶん [　　　]

□49. きんじょ [　　　] □50. くうき [　　　] □51. けいかく [　　　]

□52. けんきゅう [　　　] □53. こうぎょう [　　　] □54. じだい [　　　]

□55. しゃかい [　　　] □56. しゅっぱつ [　　　] □57. しょくどう [　　　]

□58. しょくりょうひん [　　　] □59. (国の)じんこう [　　　]

□60. せかい [　　　] □61. せわ [　　　] □62. ちか [　　　]

□63. ちり [　　　] □64. とうよう (の 国) [　　　] □65. ぶんがく [　　　]

□66. ようふく [　　　] □67. りょかん [　　　]

漢字チェック 1〜42：参考（常用漢字）、**43〜67：初級の漢字**

1. 案内　2. お祝い　3. お見舞い　4. 表　5. お礼　6. 会議　7. 壁　8. 関係　9. 技術
10. 季節　11. 規則　12. 客　13. 教育　14. 興味　15. 経済　16. 失敗　17. 習慣　18. 水泳
19. 隅　20. 政治　21. 戦争　22. 先輩　23. 専門　24. 駐車場　25. 妻　26. ―　27. 場合
28. 倍　29. 歯医者　30. ―　31. 文化　32. 貿易　33. 放送　34. 港　35. 昔　36. 輸出　37. 夢
38. 予定　39. 予約　40. 理由　41. 留守　42. 歴史
43. 医学　44. 意見　45. 売り場　46. 屋上　47. 会場　48. 気分　49. 近所　50. 空気
51. 計画　52. 研究　53. 工業　54. 時代　55. 社会　56. 出発　57. 食堂　58. 食料品
59. 人口　60. 世界　61. 世話　62. 地下　63. 地理　64. 東洋　65. 文学　66. 洋服
67. 旅館

問題 I ＿＿＿の ことばは どう 読みますか。1・2・3・4から いちばん いい
　　　ものを 一つ えらびなさい。

問1　この (1)近所に (2)食料品の (3)店は ありませんか。

　(1)　近所　　　1.ちかしょ　　　2.ちかところ　　　3.きんじょ　　　4.きんしょ

　(2)　食料品　　1.しょくりょひん　　　　　　　2.しょくひん

　　　　　　　　　3.たべもの　　　　　　　　　　4.しょくりょうひん

　(3)　店　　　　1.みせ　　　　　2.えき　　　　　3.てん　　　　　4.へや

問2　あの (1)茶色の (2)建物が (3)図書館です。

　(1)　茶色　　　1.ちゃっしょく　2.ちゃしょく　　3.ちゃあいろ　　4.ちゃいろ

　(2)　建物　　　1.たてもの　　　2.けんぶつ　　　3.たてぶつ　　　4.けんもの

　(3)　図書館　　1.えいがかん　　2.びじゅつかん　3.としょかん　　4.りょかん

問3　(1)姉は 江戸(2)時代の (3)社会に ついて (4)研究して います。
　　　　　　えど

　(1)　姉　　　　1.あに　　　　　2.あね　　　　　3.おとうと　　　4.いもうと

　(2)　時代　　　1.じだい　　　　2.ときだい　　　3.ときかわり　　4.じかわり

　(3)　社会　　　1.かいしゃ　　　2.しあい　　　　3.じんじゃ　　　4.しゃかい

　(4)　研究　　　1.べんきょう　　2.けんきゅう　　3.けいかく　　　4.ろんぶん

問題 II 　□□の 中には どんな 漢字が 入りますか。いちばん いい ものを
　　　　　1・2・3・4から 一つ えらびなさい。

(1)　大□館へ ビザを もらいに 行った。　　　　　　　［1.休　2.使　3.体　4.仕]

(2)　正しい 発□で きれいに 話したい。　　　　　　　［1.意　2.昔　3.音　4.言]

(3)　パソコンで 電□メールを 送った。　　　　　　　　［1.子　2.気　3.休　4.早]

(4) 中国や 韓国などの 国から 来る 東□人 が 多い。
　　　　　ちゅうごく　　かんこく

　　　　　　　　　　　　　　　　[1. 用　2. 洋　3. 世　4. 口]

(5) この 言葉の 意□ を 教えて ください。　　[1. 味　2. 見　3. 未　4. 知]

問題Ⅲ ＿＿＿の ことばは 漢字で どう 書きますか。1・2・3・4から
　　　いちばん いい ものを 一つ えらびなさい。

問 1 この デパートの ⑴おくじょうで ⑵どうぶつや ⑶ことりを 売って いる。

　　(1) おくじょう　　1. 奥上　　　　2. 屋上　　　　3. 奥場　　　　4. 屋場

　　(2) どうぶつ　　　1. 同物　　　　2. 働物　　　　3. 答物　　　　4. 動物

　　(3) ことり　　　　1. 子鳥　　　　2. 子島　　　　3. 小鳥　　　　4. 小島

問 2 ⑴きぶんが よくないのは、⑵かいじょうの ⑶くうきが 悪いからでしょう。

　　(1) きぶん　　　　1. 木文　　　　2. 気文　　　　3. 木分　　　　4. 気分

　　(2) かいじょう　　1. 会場　　　　2. 階上　　　　3. 開場　　　　4. 回上

　　(3) くうき　　　　1. 究気　　　　2. 安気　　　　3. 字気　　　　4. 空気

問 3 ⑴きょねんの ⑵はる ⑶あにと ⑷じてんしゃで ⑸りょこうを しました。

　　(1) きょねん　　　1. 昨年　　　　2. 去年　　　　3. 来年　　　　4. 今年

　　(2) はる　　　　　1. 夏　　　　　2. 冬　　　　　3. 秋　　　　　4. 春

　　(3) あに　　　　　1. 兄　　　　　2. 妹　　　　　3. 姉　　　　　4. 弟

　　(4) じてんしゃ　　1. 自店車　　　2. 自動車　　　3. 自転車　　　4. 自天車

　　(5) りょこう　　　1. 銀行　　　　2. 旅行　　　　3. 族行　　　　4. 料行

問題I　つぎの　文の　＿＿＿＿の　ところに　何を　入れますか。1・2・3・4から
　　　　いちばん　いい　ものを　一つ　えらびなさい。

(1)　となりの　店から　おいしそうな　＿＿＿＿が　します。
　　1. あじ　　　　　　2. いろ　　　　　　3. におい　　　　　4. おと

(2)　＿＿＿＿を　しないで、どうぞ　たくさん　めしあがって　ください。
　　1. えんりょ　　　　2. はんたい　　　　3. せつめい　　　　4. むり

(3)　わたしは　＿＿＿＿医者に　なる　つもりで　勉強して　います。
　　1. よてい　　　　　2. しょうらい　　　3. けいかく　　　　4. このあいだ

(4)　＿＿＿＿が　できたら、すぐ　出かけましょう。
　　1. るす　　　　　　2. やくそく　　　　3. つごう　　　　　4. したく

(5)　じこの　＿＿＿＿は　スピードの　出しすぎでした。
　　1. げんいん　　　　2. りゆう　　　　　3. いみ　　　　　　4. もんだい

(6)　ゆうべは　おもしろい　テレビ＿＿＿＿が　あったので、おそくまで　起きて　いた。
　　1.ばんぐみ　　　　2. けいかく　　　　3. よてい　　　　　4. ばんごう

(7)　おもてと　＿＿＿＿の　りょうほうに　名前を　書いて　ください。
　　1. うち　　　　　　2. そと　　　　　　3. うら　　　　　　4. うえ

(8)　「お体の　＿＿＿＿は　いかがですか」「おかげさまで　ずいぶん　よく　なりました」
　　1. ぐあい　　　　　2. ようじ　　　　　3. きぶん　　　　　4. きもち

(9)　＿＿＿＿が　よければ、あなたも　来て　ください。
　　1. じかん　　　　　2. ひま　　　　　　3. つごう　　　　　4. よてい

問題Ⅱ　つぎの　＿＿＿の　文と　だいたい　同じ　いみの　文は　どれですか。

　　　　　１・２・３・４から　いちばん　いい　ものを　一つ　えらびなさい。

(1)　山下さんは　大学の　せんぱいです。
　　　やました

　　１．山下さんは　わたしより　早く　そつぎょうしました。

　　２．わたしは　山下さんより　早く　そつぎょうしました。

　　３．わたしは　山下さんより　学年が　上です。

　　４．山下さんは　わたしと　いっしょに　そつぎょうしました。

(2)　母は　今　るすです。

　　１．母は　もう　帰って　きました。

　　２．母は　今　一人で　家に　います。

　　３．母は　今　うちに　いますが、電話に　出られません。

　　４．母は　出かけて、今　家に　いません。

(3)　わたしは　今朝　朝ねぼうを　しました。

　　１．今朝　いつもと　同じ　時間に　起きました。

　　２．今朝　いつもより　おそく　起きました。

　　３．今朝　いつもより　早く　起きました。

　　４．ゆうべ　ねられなかったので、今朝　ねました。

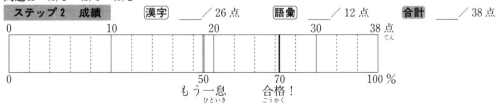

ステップ 3 《重要動詞》
じゅう よう どう し

　ことばの　いみを　自分で　テストしましょう。いみを　知って　いる　ことばは、
　　　　　　じ ぶん
□に　チェックマークを　入れて　ください。34番から　あとの　ことばは
　　　　　　　　　　　　　　　　　　　　ばん
[　　　]の　中に　漢字を　書きましょう。
　　　　　　　　かん じ

□ 1. いじめる　　□ 2. おくれる　　□ 3.（大きな　声で）おこる　　□ 4. かつ
　　　　　　　　　　　　　　　　　　　　　　こえ

□ 5. かわく　　□ 6. こむ　　□ 7. こしょうする　　□ 8. こわれる／こわす

□ 9. さがす　　□ 10. さわる　　□ 11. しゅっせきする　　□ 12. しらべる

□ 13. しんぱいする　　□ 14. すてる　　□ 15. すむ（＝おわる）　　□ 16. つかまえる

□ 17.（気を）つける　　□ 18.（店が）できる　　□ 19. なれる　　□ 20.（父に）にる

□ 21. のりかえる　　□ 22. ひっこす　　□ 23. ふえる　　□ 24. ふとる

□ 25. ほんやくする　　□ 26. まちがえる　　□ 27. まにあう　　□ 28. もどる

□ 29 もらう　　□ 30.（雨が）やむ　　□ 31. やめる　　□ 32. れんらくする

□ 33. わらう

□ 34.（せきが）あく [　　　]　　□ 35. あつまる／あつめる　[　　　　]

□ 36. あんしんする [　　　]　　□ 37. いそぐ [　　　]　　□ 38. うごく [　　　　]

□39. おくる [   ]   □40. おこなう [   ]   □41. おもいだす [   ]

□42. かす [   ]   □43. かんがえる [   ]   □44. しらせる [   ]

□45. （やくに）たつ [   ]   □46.（家を）たてる [   ]   □47. たりる [   ]

□48. ちゅういする [   ]   □49.（駅に）つく [   ]   □50. とおる [   ]

□51. ならう [   ]   □52. にゅういんする [   ]   □53. はこぶ [   ]

□54. はしる [   ]   □55. よういする [   ]   □56. りようする [   ]

□57.（友だちと）わかれる [   ]

漢字チェック 1〜33：参考（常用漢字）、34〜57：初級の漢字

1. 一 2. 遅れる 3. 怒る 4. 勝つ 5. 乾く 6. 込む 7. 故障する 8. 壊れる／壊す

9. 探す 10. 触る 11. 出席する 12. 調べる 13. 心配する 14. 捨てる 15. 済む

16. 捕まえる 17. 付ける 18. 一 19. 慣れる 20. 似る 21. 乗り換える

22. 引っ越す 23. 増える 24. 太る 25. 翻訳する 26. 間違える 27. 間に合う 28. 戻る

29. 一 30. 一 31. 止める 32. 連絡する 33. 笑う

34. 空く 35. 集まる／集める 36. 安心する 37. 急ぐ 38. 動く

39. 送る 40. 行う 41. 思い出す 42. 貸す 43. 考える 44. 知らせる 45. 立つ

46. 建てる 47. 足りる 48. 注意する 49. 着く 50. 通る 51. 習う 52. 入院する

53. 運ぶ 54. 走る 55. 用意する 56. 利用する 57. 別れる

問題Ⅰ ＿＿＿＿ の ことばは どう 読みますか。1・2・3・4から いちばん

いい ものを 一つ えらびなさい。

問1 ここは 車が たくさん (1)通ります。道を わたる ときは、(2)注意して

ください。

(1) 通ります　1. つうります　　2. とうります　　3. どおります　　4. とおります

(2) 注意して　1. ちゅういして　2. ちゅいして　3. ちゅして　　4. ちゅっして

問2 いすが (1)足りない ばあいは、となりの へやのを (2)借りても いいです。

(1) 足りない　1. そくりない　　2. あしりない　　3. たりない　　4. かりない

(2) 借りても　1. とりても　　2. はりても　　3. やりても　　4. かりても

問3 友だちと (1)別れて から、(2)走って 家に 帰った。

(1) 別れて　　1. こわれて　　2. わかれて　　3. べつれて　　4. はなれて

(2) 走って　　1. あしって　　2. あるって　　3. そうって　　4. はしって

問4 (1)習うより (2)教えるほうが むずかしいと (3)思う。

(1) 習う　　1. ならう　　2. しゅうう　　3. しゅう　　4. じゅうう

(2) 教える　1. おしえる　　2. きょうえる　　3. おぼえる　　4. かんがえる

(3) 思う　　1. おそう　　2. もらう　　3. おこなう　　4. おもう

問5 駅に (1)着いたら、すぐ きっぷを (2)買いますから、お金を (3)用意して おいて

ください。

(1) 着いたら　1. きいたら　　2. すいたら　　3. ついたら　　4. ふいたら

(2) 買います　1. あいます　　2. かいます　　3. はいます　　4. つかいます

(3) 用意して　1. よいして　　2. よおいして　3. よういして　4. よっいして

問題II □の 中には どんな 漢字が 入りますか。いちばん いい ものを 一つ えらびなさい。

(1) よく □えてから きめなさい。　　　　　　[1. 者　2. 与　3. 考　4. 孝]

(2) ちょっと この ペンを □して ください。　[1. 貸　2. 借　3. 買　4. 質]

(3) えいがは 何時から □まりますか。　　　　[1. 開　2. 始　3. 休　4. 終]

(4) 大きい にもつは トラックで □んだ。　　[1. 運　2. 道　3. 送　4. 連]

(5) 来年 家を □てる つもりです。　　　　　[1. 田　2. 作　3. 立　4. 建]

問題III ＿＿＿の ことばは 漢字で どう 書きますか。1・2・3・4から いちばん いい ものを 一つ えらびなさい。

問1 この 店は さらや なべなど、台所で (1)つかう 物を (2)うって います。
(1) つかう　　　1. 使う　　　2. 用う　　　3. 住う　　　4. 借う
(2) うって　　　1. 買って　　2. 打って　　3. 売って　　4. 作って

問2 この 料理の (1)つくりかたを (2)しって いますか。肉を (3)きったら 味を つけて、10分 (4)まちます。
(1) つくりかた　1. 使り方　　2. 作り方　　3. 昨り方　　4. 付り方
(2) しって　　　1. 知って　　2. 仕って　　3. 試って　　4. 士って
(3) きったら　　1. 聞ったら　2. 来ったら　3. 着ったら　4. 切ったら
(4) まちます　　1. 持ちます　2. 特ちます　3. 待ちます　4. 侍ちます

問題Ⅰ つぎの 文の ＿＿＿の ところに 何を 入れますか。1・2・3・4から いちばん いい ものを 一つ えらびなさい。

(1) あの 青い スカートを ＿＿＿ いる 人が 木田さんです。
   1. きて   2. はいて   3. つけて   4. のせて

(2) プレゼントを きれいな 紙で ＿＿＿ 持って いきました。
   1. つつんで   2. つけて   3. つづいて   4. つれて

(3) 車が 急に 出て きたので、＿＿＿。
   1. さっぱりした   2. びっくりした   3. しっかりした   4. はっきりした

(4) 今朝 洗った シャツは、もう ＿＿＿ います。
   1. まけて   2. かわいて   3. ぬれて   4. くもって

(5) となりの へやで かいぎを して いるから、あまり ＿＿＿ ください。
   1. さわらないで   2. いじめないで   3. さわがないで   4. かざらないで

(6) 大阪へ 行った とき、小学校の 先生を ＿＿＿。
   1. いった   2. うかがった   3. たずねた   4. よった

(7) 川田さんの しゅみは ギターを ＿＿＿ことです。
   1. ひく   2. する   3. あそぶ   4. たたく

(8) おや、雨が ふって きましたね。かさを ＿＿＿ましょう。
   1. しめ   2. つけ   3. さし   4. やり

(9) 今日は いつもより 電車が ＿＿＿います。
   1. すって   2. すいて   3. あいて   4. ついて

問題II　つぎの＿＿＿の　文と　だいたい　同じ　いみの　文は　どれですか。

　　　　1・2・3・4から　いちばん　いい　ものを　一つ　えらびなさい。

(1)　何時ごろ　もどりますか。

　　1. 何時ごろ　帰りますか。　　　　　　2. 何時ごろ　行きますか。

　　3. 何時ごろ　来ますか。　　　　　　4. 何時ごろ　着きますか。

(2)　この　くつは　よごれて　いる。

　　1. この　くつは　きれいだ。　　　　2. この　くつは　はきやすい。

　　3. この　くつは　きれいでは　ない。　4. この　くつは　はきにくい。

(3)　わたしは　タカシさんに　本を　かえしました。

　　1. その　本は　タカシさんの　本です。　2. その　本は　わたしの　本です。

　　3. タカシさんは　本を　かりました。　　4. わたしは　本を　かしました。

(4)　わたしは　中山さんに　英語を　ならいました。
　　　　　　　なかやま

　　1. わたしは　中山さんの　先生でした。

　　2. わたしは　中山さんの　せいとでした。

　　3. わたしは　中山さんに　英語を　教えました。

　　4. 中山さんは　英語を　勉強する　つもりでした。

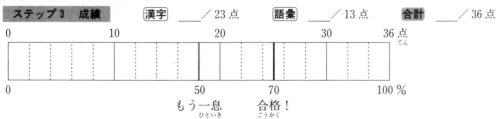

ステップ3　解答

漢字にチャレンジ　　問題I　問1(1)4　(2)1　問2(1)3　(2)4　問3(1)2　(2)4

問4(1)1　(2)1　(3)4　問5(1)3　(2)2　(3)3　問題II　(1)3　(2)1　(3)2　(4)1　(5)4

問題III　問1(1)1　(2)3　問2(1)2　(2)1　(3)4　(4)3

語彙にチャレンジ　　問題I　(1)2　(2)1　(3)2　(4)2　(5)3　(6)3　(7)1　(8)3　(9)2

問題II　(1)1　(2)3　(3)1　(4)2

ステップ3　成績　　漢字 ＿＿／23点　語彙 ＿＿／13点　合計 ＿＿／36点

0		10		20		30		36 点 てん

0			50	70		100 %

もう一息　　合格！
ひといき　　ごうかく

ステップ4 《重要形容詞・副詞》
じゅう よう けい よう し ふく し

　　ことばの　いみを　自分で　テストしましょう。いみを　知って　いる　ことばは、
　　　　　　　　　じぶん　　　　　　　　　　　　　　　　し

□に　チェックマークを　入れて　ください。67番から　あとの　ことばは
　　　　　　　　　　　　　　　　　　　　　　ばん

[　　　]の　中に　漢字を　書きましょう。
　　　　　　　かん じ

※ 1～19、67～73：い形容詞。20～34、74～78：な形容詞。35～66、79～82：副詞。
　　　　　　　　　けいようし　　　　　　　　　　　　　けいようし　　　　　　　　　　　ふくし

□ 1. うつくしい　　□ 2. うまい　　□ 3. うるさい　　□ 4. うれしい　　□ 5. おかしい

□ 6. かなしい　　□ 7. きびしい　　□ 8. こまかい　　□ 9. こわい　□ 10. すごい

□ 11. すばらしい　　□ 12. にがい　　□ 13. ねむい　　□ 14. はずかしい

□ 15. ひどい　　□ 16. ふかい　　□ 17. めずらしい　　□ 18. やわらかい

□ 19. よわい　　□ 20. かんたん（な）　　□ 21. きけん（な）　　□ 22. さかん（な）

□ 23. ざんねん（な）　　□ 24. じゃま（な）　　□ 25. じゆう（な）　　□ 26. たしか（な）

□ 27. ていねい（な）　　□ 28. てきとう（な）　　□ 29. ねっしん（な）　　□ 30. ひつよう（な）

□ 31. ふくざつ（な）　　□ 32. へん（な）　　□ 33. むり（な）　　□ 34. りっぱ（な）

□ 35. かならず　　□ 36. きっと　　□ 37. けっして　　□ 38. このあいだ

□ 39. このごろ　　□ 40. これから　　□ 41. さいきん　　□ 42. さっき

□ 43. しばらく　　□ 44. ずいぶん　　□ 45. すっかり　　□ 46. ずっと

□47. ぜひ　　□48. ぜんぜん　　□49. そろそろ　　□50. だいたい

□51. だいぶ　　□52. たとえば　　□53. たまに　　□54. ちっとも

□55. できるだけ　　□56. とうとう　　□57. なかなか　　□58. なるべく

□59. はじめて　　□60. はっきり　　□61. ひじょうに　　□62. ほとんど

□63. まず　　□64. もうすぐ　　□65. もし　　□66. やっと

□67. おおい [　　　　]　　□68.（にもつが）おもい [　　　　]　　□69. すくない [　　　　]

□70. ただしい [　　　　]　　□71. つよい [　　　　]　　□72. やすい [　　　　]

□73. わるい [　　　　]　　□74. じゅうぶん（な）[　　　　]

□75. だいじ（な）[　　　　]　　□76. とくべつ（な）[　　　　]

□77. ふべん（な）[　　　　]　　□78. ゆうめい（な）[　　　　]　　□79. かわりに [　　　　]

□80. きゅうに [　　　　]　　□81. こんど [　　　　]　　□82. とくに [　　　　]

漢字チェック　　1〜66：参考（常用漢字）、67〜82：初級の漢字

1. 美しい　2. ―　3. ―　4. ―　5. ―　6. 悲しい　7. 厳しい　8. 細かい　9. 怖い
10. ―　11. 素晴らしい　12. 苦い　13. 眠い　14. 恥ずかしい　15. ―　16. 深い　17. 珍しい
18. 柔らかい　19. 弱い　20. 簡単　21. 危険　22. 盛ん　23. 残念　24. 邪魔　25. 自由　26. 確か
27. 丁寧　28. 適当　29. 熱心　30. 必要　31. 複雑　32. 変　33. 無理　34. 立派　35. 必ず
36. ―　37. 決して　38. この間　39. ―　40. ―　41. 最近　42. ―　43. ―　44. 随分　45. ―
46. ―　47. 是非　48. 全然　49. ―　50. 大体　51. 大分　52. 例えば　53. ―　54. ―　55. ―
56. ―　57. ―　58. ―　59. 初めて　60. ―　61. 非常に　62. ―　63. ―　64. ―　65. ―　66. ―
67. 多い　68. 重い　69. 少ない　70. 正しい　71. 強い　72. 安い　73. 悪い　74. 十分
75. 大事　76. 特別　77. 不便　78. 有名　79. 代わりに　80. 急に　81. 今度　82. 特に

問題I ＿＿＿の ことばは どう 読みますか。1・2・3・4から いちばん
いい ものを 一つ えらびなさい。

問1 きのうは 気分が (1)悪かったので、(2)早く うちに 帰りましたが、(3)十分
休んだので、今日は (4)元気に なりました。

(1) 悪かった　1. あくかった　　2. わるかった　　3. よかった　　　4. よわかった
(2) 早く　　　1. おそく　　　　2. ながく　　　　3. はやく　　　　4. ひろく
(3) 十分　　　1. じゅっぷん　　2. じっぷん　　　3. じゅうふん　　4. じゅうぶん
(4) 元気に　　1. でんきに　　　2. てんきに　　　3. げんきに　　　4. けんきに

問2 この スーパーは、品物が たくさん あって、なんでも (1)安いので、(2)有名です。
(3)特に やさいを 買いに 来る おきゃくさんが (4)多いようです。

(1) 安い　　　1. あんい　　　　2. よい　　　　　3. たかい　　　　4. やすい
(2) 有名　　　1. ゆめい　　　　2. ゆうめい　　　3. ゆめ　　　　　4. ゆうめ
(3) 特に　　　1. とくに　　　　2. べつに　　　　3. ことに　　　　4. たまに
(4) 多い　　　1. おい　　　　　2. おうい　　　　3. おおい　　　　4. おおぜい

問題II ＿＿＿の ことばは 漢字で どう 書きますか。1・2・3・4から
いちばん いいものを 一つ えらびなさい。

問1 山川先生が (1)きゅうに 病気に なったので、(2)かわりに 本田先生が
じゅぎょうを した。

(1) きゅうに　1. 急に　　　　　2. 休に　　　　　3. 九に　　　　　4. 旧に
(2) かわりに　1. 川りに　　　　2. 変りに　　　　3. 代わりに　　　4. 皮りに

問2 (1)ふるい ビルを こわして、(2)あたらしい ビルが 建てられた。

(1) ふるい　　1. 古い　　　　　2. 若い　　　　　3. 苦い　　　　　4. 吉い
(2) あたらしい 1. 親しい　　　　2. 新しい　　　　3. 薪しい　　　　4. 噺しい

問題Ｉ つぎの 文の _____の ところに 何を 入れますか。

1・2・3・4から いちばん いい ものを 一つ えらびなさい。

(1) スイスには _____ 山や みずうみが たくさん ある。

1. ただしい　　　2. うつくしい　　　3. こまかい　　　4. きびしい

(2) テニスの しあいが あるので、かれは 毎日 _____に れんしゅうして いる。

1. ひつよう　　　2. てきとう　　　3. ねっしん　　　4. むり

(3) _____だから、ここに 自転車を おいては いけません。

1. じゃま　　　2. じゅうぶん　　　3. ずいぶん　　　4. わるい

(4) この 紙は _____から、すぐ やぶれそうです。

1. たかい　　　2. うすい　　　3. せまい　　　4. かるい

(5) _____ お金が ないので、1万円さつで はらっても いいですか。

1. こまかい　　　2. ほそい　　　3. ふとい　　　4. あさい

(6) きのうの _____ 風で 木が おれて しまいました。

1. にがい　　　2. わるい　　　3. ひどい　　　4. きびしい

(7) かのじょは 話し方が _____で、やさしそうです。

1. じょうぶ　　　2. ふべん　　　3. ていねい　　　4. ざんねん

問題ＩＩ つぎの 文の _____の ところに 何を 入れますか。

1・2・3・4から いちばん いいものを 一つ えらびなさい。

(1) _____ 一度 わたしの 家へ 来て ください。

1. さいきん　　　2. ぜひ　　　3. もし　　　4. このごろ

(2) ＿＿＿＿＿ 大田さんから 電話が ありました。また あとで かけるそうです。

 1. まえに   2. このごろ   3. きっと   4. さっき

(3) もう 3年も 習って いるのに、＿＿＿＿＿ じょうずに なりません。

 1. ちょっと   2. もっとも   3. ちっとも   4. はっきり

(4) では 作り方を せつめいします。＿＿＿＿＿、どうぐを じゅんびしましょう。

 1. まず   2. もし   3. または   4. それに

(5) あなたの へんじを ＿＿＿＿＿ 待って いました。

 1. ちっとも   2. ずっと   3. さっき   4. きっと

(6) 今年の 夏は ＿＿＿＿＿ すずしかった。

 1. たまに   2. わりあいに   3. てきとうに   4. きゅうに

(7) ＿＿＿＿＿ 外国に 住む ことに なりました。来月 出発します。

 1. このごろ   2. さいきん   3. このあいだ   4. しばらく

問題III つぎの ＿＿＿＿＿の 文と だいたい 同じ いみの 文は どれですか。
   1・2・3・4から いちばん いい ものを 一つ えらびなさい。

(1) 主人は そろそろ 帰ります。

 1. 主人は もう 帰りました。   2. 主人は ゆっくり 帰ります。

 3. 主人は ときどき 帰ります。   4. 主人は もうすぐ 帰ります。

(2) われた ガラスは さわると きけんです。

 1. けがする かもしれません。   2. まちがえる かもしれません。

 3. 手が よごれる かもしれません。   4. 手が ぬれる かもしれません。

(3) <u>かのじょは　料理が　うまい。</u>

　　1．かのじょは　料理が　すきだ。　　　2．かのじょは　料理を　よく　食べる。

　　3．かのじょの　料理は　きれいだ。　　4．かのじょは　料理が　じょうずだ。

(4) <u>こちらの　シャツは　べつに　つつんで　ください。</u>

　　1．いっしょに　つつんで　ください。　　2．いっしょに　つつまないで　ください。

　　3．ていねいに　つつんで　ください。　　4．きれいに　つつんで　ください。

(5) <u>わたしの　国では　サッカーが　さかんです。</u>

　　1．サッカーを　あまり　しません。　　　2．サッカーを　する　人が　多いです。

　　3．サッカーが　めずらしいです。　　　　4．サッカーしか　しません。

(6) <u>その　仕事には　3日　ひつようです。</u>

　　1．その　仕事は　3日に　始めます。　　2．その　仕事には　もう　3日　いります。

　　3．その　仕事は　3日　かかります。　　4．その　仕事は　3日まで　つづきます。

(7) <u>なるべく　早く　そちらへ　行きます。</u>

　　1．今　すぐに　そちらへ　行きます。　　2．時間が　あれば　そちらへ　行きます。

　　3．早く　行ければ、そちらへ　行きます。　4．できるだけ　早く　そちらへ　行きます。

(8) <u>これは　とても　めずらしい　鳥だ。</u>

　　1．これは　よく　見る　鳥だ。　　　　　2．これは　あまり　見ない　鳥だ。

　　3．これは　どこにも　いない　鳥だ。　　4．これは　どこにでも　いる　鳥だ。

ステップ5 《カタカナ語・敬語・表現・その他》

ことばの いみを 自分で テストしましょう。いみを 知って いる ことばは、□に チェックマークを 入れて ください。

※1～20：カタカナ語。21～35：敬語。36～53：表現。54～84：その他。

☐ 1. アルバイト　　☐ 2. オーバー　　☐ 3. ガソリンスタンド　　☐ 4. ゲーム

☐ 5. コンサート　　☐ 6. サンダル　　☐ 7. サンドイッチ　　☐ 8. ジャム

☐ 9. スーツケース　　☐ 10. ステレオ　　☐ 11. スピード　　☐ 12. テキスト

☐ 13. テニスコート　　☐ 14. パソコン　　☐ 15. ファックス　　☐ 16. プレゼント

☐ 17. ベル　　☐ 18. マンション　　☐ 19. メール／Eメール　　☐ 20. ワープロ

☐ 21. いたします　　☐ 22. いただきます　　☐ 23. いらっしゃいます

☐ 24. （おたくに）うかがいます　　☐ 25. （先生に）うかがいます

☐ 26. おいでに なります　　☐ 27. おっしゃいます　　☐ 28. ごぞんじです

☐ 29. ごらんになります　　☐ 30. めしあがります　　☐ 31. はいけんします

☐ 32. おります　　☐ 33. まいります　　☐ 34. もうしあげます　　☐ 35. もうします

☐ 36. いって らっしゃい　　☐ 37. いって まいります　　☐ 38. おかえりなさい

□ 39. おかげさまで　　□ 40. おじゃまします　　□ 41. おだいじに

□42. おまたせしました　　□43. おめでとう(ございます)　　□44. かしこまりました

□ 45. かまいません　　□ 46. ごちそうさまでした　　□ 47. しかたが　ありません

□ 48. それは　いけませんね　　□ 49. それは　しんぱいですね

□ 50. それほどでも　ありません　　□ 51. どうぞ　よろしく　　□ 52. ひさしぶりです

□ 53. よく　いらっしゃいました

□ 54. ～いじょう　　□ 55. ～いか　　□ 56. ～いない　　□ 57. ～いがい

□ 58. ～のうち　　□ 59. ～おき　　□ 60. ～め　　□ 61. (右)がわ　　□ 62. (洋)しき

□ 63. (2時)すぎ　　□ 64. (食べ)すぎる　　□ 65. ～ずつ　　□ 66. (電話)だい

□ 78. ～けん　　□ 79. ～こ　　□ 80. ～さつ　　□ 81. ～だい　　□ 82. ～ひき

□ 83. ～ほん　　□ 84. ～まい

漢字チェック　参考（常用漢字）
21. 致します　22. 頂きます　23. ―　24. 伺います　25. 伺います　26. ―　27. ―
28. ご存じです　29. ご覧になります　30. 召し上がります　31. 拝見します　32. 居ります
33. 参ります　34. 申し上げます　35. 申します　36. 行ってらっしゃい　37. 行ってまいります
38. お帰りなさい　39. お陰様で　40. お邪魔します　41. お大事に　42. お待たせしました　43. ―
44. ―　45. ―　46. ―　47. 仕方がありません　48. ―　49. それは心配ですね　50. ―　51. ―
52. 久しぶりです　53. ―　54. 以上　55. 以下　56. 以内　57. 以外　58. ―　59. ―　60. 目
61. 側　62. 式　63. 過ぎ　64. 過ぎる　65. ―　66. 代　78. 軒　79. 個　80. 冊　81. 台　82. 匹
83. 本　84. 枚

問題Ⅰ つぎの 文の ＿＿＿の ところに 何を 入れますか。

1・2・3・4から いちばん いいものを 一つ えらびなさい。

(1) 今朝 早く 電話の ＿＿＿が なったので びっくりしたが、まちがい電話だった。

1. ゼロ 　　　2. ビル 　　　3. プロ 　　　4. ベル

(2) 旅行に 持って いく 物が たくさん あるので、新しい ＿＿＿を 買った。

1. スーツケース 　2. ステレオ 　　　3. コート 　　　4. コンサート

(3) この 上着には ＿＿＿が ないので、ふべんです。

1. シャツ 　　　2. ネクタイ 　　　3. コート 　　　4. ポケット

(4) あついですね。＿＿＿を 入れましょうか。

1. エアコン 　　2. ヒーター 　　　3. パソコン 　　　4. マッチ

(5) 朝ごはんは、いつも パンに バターと ＿＿＿を ぬって 食べる。

1. ジャム 　　　2. ガム 　　　3. シャツ 　　　4. ジュース

(6) ＿＿＿を 買って、すきな 音楽を たくさん 聞きたいなあ。

1. ファックス 　2. ステレオ 　　　3. ワープロ 　　　4. カメラ

(7) ＿＿＿の ねだんが 上がると、タクシー料金も いっしょに 高く なる。

1. スリッパ 　　2. スピード 　　　3. スタンド 　　　4. ガソリン

(8) お名前は 何と ＿＿＿か。

1. いらっしゃる 　2. うかがいます 　3. おっしゃいます 　4. もうします

(9) どうぞ たくさん _____ ください。

　　1. うかがって　　　2. めしあがって　　　3. いただいて　　　4. もうして

(10) 先生、ゆうべの テレビの ばんぐみを _____か。

　　1. うかがいました　　　　　　　　　2. まいりました

　　3. はいけんしました　　　　　　　　4. ごらんになりました

(11) 中山先生は 来週 アメリカへ _____ そうです。
　　なかやま
　　1. いらっしゃる　　　2. まいる　　　3. うかがう　　　　4. おじゃまする

(12) わたしは 来週 東京に _____。
　　　　　　　　　とうきょう
　　1. もうしあげません　　　　　　　　2. おりません

　　3. いただきません　　　　　　　　　4. いらっしゃいません

(13) 「こんにちは。お元気ですか。」　「ええ、_____。」

　　1. ひさしぶり　　　2. しつれい　　　3. こちらこそ　　　4. おかげさまで

(14) 「子どもが 生まれたんだ。」　「そう。_____。」

　　1. おめでとう　　　2. しばらくでした　　3. おかえりなさい　　4. どうぞよろしく

(15) 「さいきん 体の ぐあいが よくないんです。」　「そうですか。それは _____ね。」

　　1. よくないです　　　2. だめです　　　3. いけません　　　4. かまいません

(16) 「よく いらっしゃいました。さあ、どうぞ。」　「_____。」

　　1. 行って まいります　　　　　　　2. おじゃまします

　　3. お帰りなさい　　　　　　　　　　4. 行って らっしゃい

(17) 品物は 1週間_____に とどけます。

　　1. いじょう　　　2. いか　　　3. いがい　　　4. いない

(18) ノートを _____ 200円で 買いました。

  1．3さつ   2．3こ   3．3まい   4．3かい

(19) 紙が 10まい ある。5人で 分けると、1人 2まい_____に なる。

  1．ずつ   2．おき   3．ぐらい   4．すぎ

(20) 17さい_____の 人は 車を 運転する ことが できません。

  1．いない   2．いがい   3．いか   4．いじょう

(21) 店員_____の 人は ここに 入る ことが できません。

  1．ほか   2．だけ   3．うち   4．いがい

(22) ゆうびんきょくは、2つ_____の 道を 右に まがると、すぐ 見えます。

  1．おき   2．ばん   3．め   4．しき

(23) その 人は とても 金持ちで、車を 3_____も 持っている。

  1．だい   2．けん   3．こ   4．さつ

問題Ⅱ つぎの _____の 文と だいたい 同じ いみの 文は どれですか。

    1・2・3・4から いちばん いいものを 一つ えらびなさい。

(1) <u>山田さんの おかげで 仕事が 早く 終わりました。</u>
　　やまだ

  1．山田さんの 仕事が 早く 終わりました。

  2．山田さんは 私に 仕事を てつだわせました。

  3．山田さんが てつだって くれました。

  4．山田さんの 仕事を てつだって あげました。

(2) 1日おきに　会社へ　行きます。

　1. 毎日　かならず　会社へ　行きます。

　2. 1週間に　1日だけ　会社へ　行きます。

　3. 朝から　夜まで　会社で　はたらきます。

　4. きのう　会社へ　行きましたから、今日は　行きません。

(3) この　ふとんは　やわらかすぎます。

　1. もう　少し　やわらかい　ふとんが　いい。

　2. もう　少し　大きい　ふとんが　いい。

　3. もう　少し　かたい　ふとんが　いい。

　4. もう　少し　あつい　ふとんが　いい。

(4) すみません。ちょっと　うかがいたい　ことが　あるんですが。

　1. ちょっと　言いたいです。　　　2. ちょっと　行きたいです。

　3. ちょっと　聞きたいです。　　　4. ちょっと　見たいです。

(5) この　おもちゃは　こわれにくい。

　1. この　おもちゃは　じょうぶだ。　2. この　おもちゃは　すぐ　こわれる。

　3. この　おもちゃは　よわい。　　　4. この　おもちゃは　こわれても　いい。

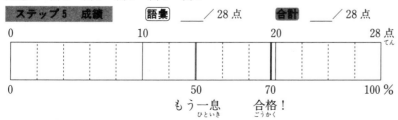

ステップ5　解答

語彙にチャレンジ　　問題 I　(1) 4　(2) 1　(3) 4　(4) 1　(5) 1　(6) 2　(7) 4　(8) 3　(9) 2　(10) 4　(11) 1　(12) 2

(13) 4　(14) 1　(15) 3　(16) 2　(17) 4　(18) 1　(19) 1　(20) 3　(21) 4　(22) 3　(23) 1

問題 II　(1) 3　(2) 4　(3) 3　(4) 3　(5) 1

ステップ5　成績　　　語彙 ＿＿／28点　　合計 ＿＿／28点

0　　　　　　　　　　10　　　　　　　　　20　　　　　28点
てん

0　　　　　　　　　50　　　　70　　　　100 %

もう一息　　　合格！
ひといき　　　ごうかく

49

問題Ⅰ　＿＿＿の　ことばは　どう　読みますか。1・2・3・4から　いちばん　いい
　　　ものを　一つ　えらびなさい。

問1　ゆうびんきょくが　もうすぐ　しまるので、にもつを　(1)急いで　(2)送ろう。

　　(1)　急いで　　1.　はやいで　　　　2.　きゅういで　　　3.　いそいで　　　4.　きゅいで

　　(2)　送ろう　　1.　つくろう　　　　2.　おくろう　　　　3.　とろう　　　　4.　そうろう

問2　(1)「世界の　(2)人口は　どれぐらいですか。」と　学生が　(3)質問した。

　　(1)　世界　　　1.　せいかい　　　　2.　せっかい　　　　3.　せかい　　　　4.　よかい

　　(2)　人口　　　1.　にんこう　　　　2.　ひとくち　　　　3.　じんこ　　　　4.　じんこう

　　(3)　質問　　　1.　しつもん　　　　2.　しつとい　　　　3.　もんだい　　　4.　ひつもん

問3　「(1)正月は　毎年　(2)特別な　(3)料理を　作ります。」と　店の　人が　言って
　　　いました。

　　(1)　正月　　　1.　せいがつ　　　　2.　せいげつ　　　　3.　しょうがつ　　　4.　しょうげつ

　　(2)　特別な　　1.　とくわかな　　　2.　とくべつな　　　3.　もちわかな　　　4.　もちべつな

　　(3)　料理　　　1.　りょうり　　　　2.　りより　　　　　3.　りょり　　　　4.　りようり

問4　(1)水道の　水は、せいかつ　(2)以外に、(3)工業にも　たくさん　使われて　いる。

　　(1)　水道　　　1.　みずみち　　　　2.　みずどう　　　　3.　すいとう　　　4.　すいどう

　　(2)　以外　　　1.　いがい　　　　　2.　いげ　　　　　　3.　いか　　　　　4.　いそと

　　(3)　工業　　　1.　こうごう　　　　2.　くうぎょう　　　3.　こうぎょう　　　4.　こきょう

問5 (1)試験が　始まる　30分　前に　(2)会場に　(3)着いた。

(1) 試験　　1. しけん　　　　2. じけん　　　　3. じっけん　　　　4. しげん

(2) 会場　　1. あいば　　　　2. あいじょう　　3. かいば　　　　　4. かいじょう

(3) 着いた　1. きいた　　　　2. ついた　　　　3. おいた　　　　　4. かいた

問6 (1)妹は　となりの　家の　(2)小鳥を　今日から　(3)六日間　(4)世話する　ことに　なった。

(1) 妹　　　1. あね　　　　　2. あに　　　　　3. いもうと　　　　4. おとうと

(2) 小鳥　　1. しょうちょう　2. ちいとり　　　3. こちょう　　　　4. ことり

(3) 六日　　1. ろくにち　　　2. ろくひ　　　　3. むいか　　　　　4. むっか

(4) 世話　　1. せいご　　　　2. せわ　　　　　3. せいわ　　　　　4. せご

問7 (1)洋服の　(2)売り場で　(3)上着を　買ってから、(4)地下で　パンや　(5)飲み物を　買った。

(1) 洋服　　1. よふく　　　　2. わふく　　　　3. せびろ　　　　　4. ようふく

(2) 売り場　1. うりば　　　　2. うりじょう　　3. かりじょう　　　4. かりば

(3) 上着　　1. うえつき　　　2. うえぎ　　　　3. うわき　　　　　4. うわぎ

(4) 地下　　1. じか　　　　　2. ちか　　　　　3. じした　　　　　4. ちした

(5) 飲み物　1. あみもの　　　2. のみもの　　　3. よみもの　　　　4. かみもの

問題II　＿＿＿＿の　ことばは　漢字で　どう　書きますか。1・2・3・4から
　　いちばん　いいものを　一つ　えらびなさい。

問1　タクシーの　(1)うんてんしゅなら、いい　(2)しょくどうを　知って　いる　でしょう。

(1) うんてんしゅ　　1. 運天週　　　2. 運転手　　　3. 運店週　　　4. 運動手

(2) しょくどう　　　1. 食堂　　　　2. 食動　　　　3. 食事　　　　4. 食道

問2　これから　入学式を　(1)おこないます。すぐ　こうどうに　(2)あつまって　ください。

(1) おこないます　　1. 通います　　2. 行います　　3. 送います　　4. 奥います

(2) あつまって　　　1. 暑まって　　2. 厚まって　　3. 集まって　　4. 熱まって

問3 この　大学には (1)<u>ちり</u>の　(2)<u>けんきゅう</u>を　して　いる　人が (3)<u>すくない</u>。

(1) ちり　　　　　1. 知理　　　2. 地理　　　3. 池理　　　4. 他理

(2) けんきゅう　　1. 研究　　　2. 砂究　　　3. 研空　　　4. 砂空

(3) すくない　　　1. 少ない　　2. 小ない　　3. 火ない　　4. 不ない

問4 子どもも (1)<u>おとな</u>も (2)<u>あかるい</u> (3)<u>おんがく</u>が　すきだ。

(1) おとな　　　　1. 音名　　　2. 大人　　　3. 男人　　　4. 太人

(2) あかるい　　　1. 赤るい　　2. 明るい　　3. 朝るい　　4. 暗るい

(3) おんがく　　　1. 音薬　　　2. 音某　　　3. 音楽　　　4. 音果

問5 (1)<u>しゅじん</u>と　いっしょに　英語の (2)<u>かいわ</u>を (3)<u>ならおう</u>と (4)<u>おもいます</u>。

(1) しゅじん　　　1. 王人　　　2. 玉人　　　3. 主人　　　4. 注人

(2) かいわ　　　　1. 会話　　　2. 会語　　　3. 合話　　　4. 合語

(3) ならおう　　　1. 教おう　　2. 学おう　　3. 勉おう　　4. 習おう

(4) おもいます　　1. 重います　2. 思います　3. 考います　4. 意います

問6 わたしは (1)<u>なつ</u>の (2)<u>あおい</u> (3)<u>そら</u>と (4)<u>うみ</u>が　だいすきです。

(1) なつ　　　　　1. 夏　　　　2. 春　　　　3. 冬　　　　4. 秋

(2) あおい　　　　1. 赤い　　　2. 白い　　　3. 青い　　　4. 黒い

(3) そら　　　　　1. 穴　　　　2. 空　　　　3. 宇　　　　4. 容

(4) うみ　　　　　1. 毎　　　　2. 母　　　　3. 海　　　　4. 侮

問7 ぐあいが (1)<u>わるかった</u>ので、(2)<u>ごご</u>の (3)<u>しごと</u>を (4)<u>やすみました</u>。

(1) わるかった　　1. 亜かった　2. 悪かった　3. 急かった　4. 忘かった

(2) ごご　　　　　1. 午後　　　2. 後午　　　3. 午五　　　4. 後五

(3) しごと　　　　1. 任務　　　2. 任事　　　3. 仕事　　　4. 仕務

(4) やすみました　1. 住みました　2. 体みました　3. 安みました　4. 休みました

問題III つぎの 文の ＿＿＿の ところに 何を 入れますか。1・2・3・4から
いちばん いい ものを 一つ えらびなさい。

(1) この シャツは 大きすぎるので、小さいのが あれば、＿＿＿ ください。
　1. かえして　　　　2. とりかえて　　　3. でかけて　　　　4. つかまえて

(2) どこか ＿＿＿が いい ところで 写真を とりましょうか。
　1. きせつ　　　　　2. けしき　　　　　3. ぐあい　　　　　4. てんき

(3) 京都へ 行った とき、旅館に ＿＿＿。
　1. くらした　　　　2. すんだ　　　　　3. たずねた　　　　4. とまった

(4) ＿＿＿が あれば、一度 アメリカへ 行きたいです。
　1. りょこう　　　　2. きかい　　　　　3. よてい　　　　　4. つごう

(5) 「＿＿＿ですね。お元気でしたか。」「ええ、おかげさまで。」
　1. ひさしぶり　　　2. しつれい　　　　3. こちらこそ　　　4. はじめて

(6) リンさんは この へんの ＿＿＿を よく 知って います。
　1. ちず　　　　　　2. ちり　　　　　　3. つごう　　　　　4. とちゅう

(7) ごはんは、よく ＿＿＿ 食べる ほうが いい。
　1. のんで　　　　　2. かんで　　　　　3. つつんで　　　　4. とんで

(8) 大きな 犬が こちらへ 走って きた ときは、ほんとうに ＿＿＿。
　1. ねむかった　　　2. こわかった　　　3. つよかった　　　4. ただしかった

(9) アパートを さがして いますが、＿＿＿な へやが 見つかりません。
　1. ていねい　　　　2. よろしい　　　　3. てきとう　　　　4. たいせつ

53

(10) 子どもも　おとなも　_____で　あそぶのが　すきです。

1. ジャム　　　　　2. ゲーム　　　　　3. コート　　　　　4. ソース

(11) 今日は　朝から　_____　休まないで　はたらいた。とても　つかれた。

1. ずいぶん　　　　2. ひじょうに　　　3. すっかり　　　　4. ほとんど

(12) 「すみません。かぜを　ひいたので、休みます。」　「そうですか。_____。」

1. おだいじに　　　2. おかげさまで　　3. おめでとう　　　4. おつかれさま

(13) _____は　ふねの　えきの　ような　ところだ。

1. じんじゃ　　　　2. みなと　　　　　3. くうこう　　　　4. こうじょう

問題Ⅳ　つぎの　_____の　文と　だいたい　同じ　いみの　文は　どれですか。
　　　　1・2・3・4から　いちばん　いいものを　一つ　えらびなさい。

(1)　先月　つまの　そぼが　なくなりました。

1. おくさんの　おばさんが　死んだ。
2. おくさんの　おばあさんが　死んだ。
3. おかあさんの　おじさんが　死んだ。
4. おとうさんの　おじいさんが　死んだ。

(2)　1000円では　足りません。

1. 1000円しか　ありません。　　　　2. 1000円より　高いです。
3. 1000円あれば　じゅうぶんです。　　4. 1000円より　安いです。

(3)　図書館で　本を　借りる　とき、ひつような　ものは　何ですか。

1. 何が　おもしろいですか。　　　　2. 何が　たいへんですか。
3. 何が　こまりますか。　　　　　　4. 何が　いりますか。

(4)　先生は　手紙を　ごらんに　なりました。

　　1. 先生は　手紙を　書きました。　　　2. 先生は　手紙を　見ました。

　　3. 先生は　手紙を　出しました。　　　4. 先生は　手紙を　送りました。

(5)　仕事が　すっかり　終わりました。

　　1. 仕事が　ほとんど　終わりました。

　　2. 仕事が　だいたい　終わりました。

　　3. 仕事が　ぜんぶ　終わりました。

　　4. 仕事が　やっと　終わりました。

(6)　8人の　うち、広田さんと　山川さん以外は　来ませんでした。

　　1. 6人　来ました。

　　2. 広田さんと　山川さんが　来ました。

　　3. 2人　来ませんでした。

　　4. 広田さんと　山川さんは　来ませんでした。

(7)　この　にもつは　5キロ　あります。

　　1. にもつの　重さは　5キロです。　　　2. にもつの　長さは　5キロです。

　　3. にもつの　あつさは　5キロです。　　　4. にもつの　はやさは　5キロです。

問題 I　問 1 (1) 3　(2) 2　問 2 (1) 3　(2) 4　(3) 1　問 3 (1) 3　(2) 2　(3) 1　問 4 (1) 4　(2) 1　(3) 3　問 5 (1) 1　(2) 4　(3) 2　問 6 (1) 3　(2) 4　(3) 3　(4) 2　問 7 (1) 4　(2) 1　(3) 4　(4) 2　(5) 2

問題 II　問 1 (1) 2　(2) 1　問 2 (1) 2　(2) 3　問 3 (1) 2　(2) 1　(3) 1　問 4 (1) 2　(2) 2　(3) 3　問 5 (1) 3　(2) 1　(3) 4　(4) 2　問 6 (1) 1　(2) 3　(3) 2　(4) 3　問 7 (1) 2　(2) 1　(3) 3　(4) 4

問題 III　(1) 2　(2) 2　(3) 4　(4) 2　(5) 1　(6) 2　(7) 2　(8) 2　(9) 3　(10) 2　(11) 4　(12) 1　(13) 2

問題 IV　(1) 2　(2) 2　(3) 4　(4) 2　(5) 3　(6) 2　(7) 1

文字・語彙　総合問題　成績　＿＿＿／65 点

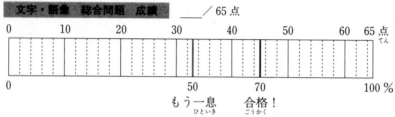

もう一息
ひといき

合格！
ごうかく

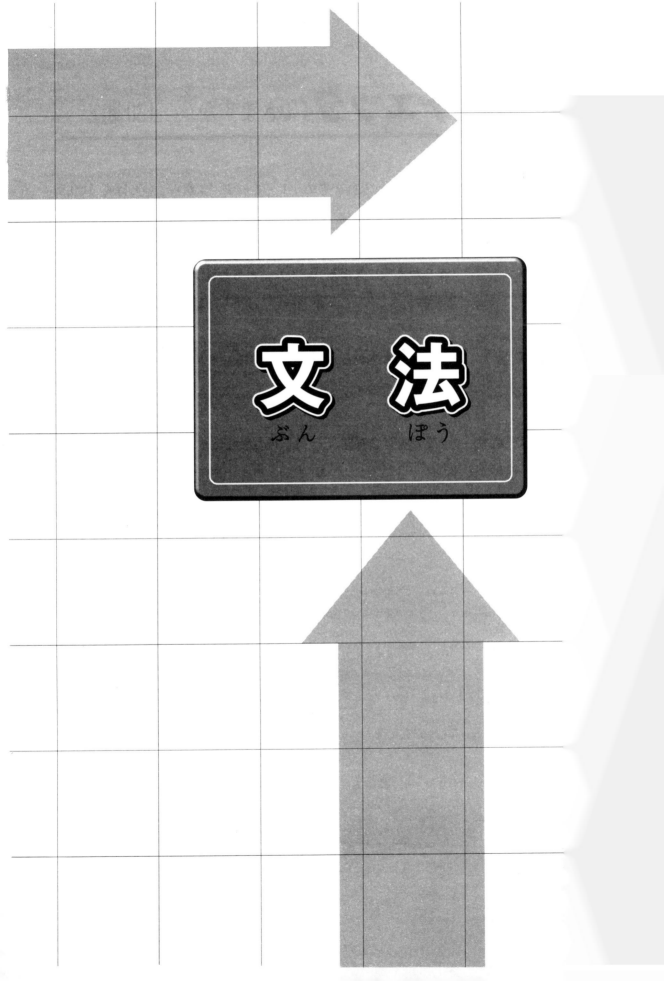

初級文法チェック《できますか？　130題》

問題　（　）の　ところに　何を　入れますか。1・2・3・4から　いちばん　いい
ものを　一つ　えらびなさい。

(1)　わたしは　へやを　まちがえて　友だち（　　）　わらわれました。
　　1. が　　　　　　　　2. で　　　　　　　　3. を　　　　　　　　4. に

(2)　ガラス（　　）　われて　いますから、ここは　あぶないです。
　　1. を　　　　　　　　2. は　　　　　　　　3. が　　　　　　　　4. で

(3)　わたしは、駅で　リンさんを　2時間（　　）　待ちました。
　　1. で　　　　　　　　2. に　　　　　　　　3. と　　　　　　　　4. も

(4)　お金は　ゆうびんきょく（　　）　銀行で　はらって　ください。
　　1. か　　　　　　　　2. も　　　　　　　　3. に　　　　　　　　4. から

(5)　わたしは　1週間（　　）　2かい　会社へ　行って　アルバイトを　して　います。
　　1. に　　　　　　　　2. で　　　　　　　　3. の　　　　　　　　4. と

(6)　のどが　かわきましたね。ビール（　　）　飲みませんか。
　　1. や　　　　　　　　2. でも　　　　　　　3. ほど　　　　　　　4. しか

(7)　仕事が　いそがしい（　　）、お金も　ないから、旅行に　行けない。
　　1. ので　　　　　　　2. と　　　　　　　　3. し　　　　　　　　4. で

(8)　これは　やさしい　問題ですから、子ども（　　）　できるでしょう。
　　1. で　　　　　　　　2. でも　　　　　　　3. の　　　　　　　　4. から

(9) 学校（　　）　休む　ときは、電話で　れんらくして　ください。

1．を　　　　　　　2．へ　　　　　　　3．に　　　　　　　4．で

(10) 早く　しない（　　）、ちこくしますよ。

1．ので　　　　　　2．のに　　　　　　3．なら　　　　　　4．と

(11) この　国は　夏（　　）　あまり　あつく　なりません。

1．には　　　　　　2．でも　　　　　　3．から　　　　　　4．のに

(12) この　ぎゅうにゅう、へんな　味（　　）　しますよ。

1．で　　　　　　　2．を　　　　　　　3．が　　　　　　　4．に

(13) 金曜日（　　）　作文を　出して　ください。

1．から　　　　　　2．までに　　　　　3．より　　　　　　4．まで

(14) わたしは　社長（　　）　駅まで　送って　いただいた。

1．を　　　　　　　2．が　　　　　　　3．から　　　　　　4．に

(15) さっき　ごはんを　食べた（　　）、もう　おなかが　すきました。

1．し　　　　　　　2．ので　　　　　　3．のに　　　　　　4．から

(16) A「今朝　何を　食べましたか。」　B「何（　　）　食べませんでした。」

1．か　　　　　　　2．も　　　　　　　3．でも　　　　　　4．が

(17) 肉（　　）　食べないで、やさいも　食べなさい。

1．ばかり　　　　　2．しか　　　　　　3．ずつ　　　　　　4．より

(18) この　ナイフは、くだものを　切る（　　）　使って　います。

1．のに　　　　　　2．のが　　　　　　3．のを　　　　　　4．のは

(19) 今日は　あたたかい　（　　）、風も　ありません。

1.　し　　　　　　　2.　が　　　　　　　3.　と　　　　　　　4.　で

(20) わたしは　日本料理を　作る　（　　）　すきです。

1.　のを　　　　　　2.　のが　　　　　　3.　を　　　　　　　4.　が

(21) ここは　駅前　（　　）　べんりでは　ないが、しずかで　いい。

1.　ほど　　　　　　2.　くらいに　　　　3.　ほうが　　　　　4.　しか

(22) A「Bさん、いそがしそうだ　（　　）。」　B「うん、てつだって。」

1.　か　　　　　　　2.　わ　　　　　　　3.　ね　　　　　　　4.　よ

(23) タクシーなら　駅まで　10分ぐらい　（　　）　行けるでしょう。

1.　で　　　　　　　2.　まで　　　　　　3.　に　　　　　　　4.　までに

(24) A「いってらっしゃい。」　B「いってきます。夕飯　（　　）　帰ります。」

1.　まで　　　　　　2.　までに　　　　　3.　より　　　　　　4.　から

(25) わたしは　秋山先生　（　　）　ぶんぽうを　教えて　いただきました。

1.　は　　　　　　　2.　が　　　　　　　3.　に　　　　　　　4.　で

(26) さっき　ソクラテスさん　（　　）　いう　方から、お電話が　ありました。

1.　が　　　　　　　2.　は　　　　　　　3.　と　　　　　　　4.　を

(27) 山田さんは　スミスさん　（　　）　2時間も　待たせました。

1.　に　　　　　　　2.　が　　　　　　　3.　を　　　　　　　4.　で

(28) 先生は　学生　（　　）　作文を　書かせました。

1.　を　　　　　　　2.　と　　　　　　　3.　が　　　　　　　4.　に

(29) 川田さん（　　）　わたしの　写真を　とって　くれました。

1. に　　　　　　　2. が　　　　　　　3. を　　　　　　　4. で

(30) 会社を　やめる　こと（　　）　しました。

1. に　　　　　　　2. が　　　　　　　3. を　　　　　　　4. で

(31) 父は　病気なのに、たばこを　やめよう（　　）　しません。

1. で　　　　　　　2. に　　　　　　　3. を　　　　　　　4. と

(32) この　いすは　こわれて　いるから、すわる（　　）と　書いて　あります。

1. ね　　　　　　　2. よ　　　　　　　3. な　　　　　　　4. さ

(33) 田中さんは　フランス語（　　）　できます。

1. を　　　　　　　2. に　　　　　　　3. と　　　　　　　4. が

(34) 兄は　サッカーが　じょうずです（　　）、弟は　じょうずでは　ありません。

1. ので　　　　　　2. し　　　　　　　3. でも　　　　　　4. が

(35) A「いい　シャツを　着て　いますね。」　B「木村さん（　　）　もらったんです」

1. が　　　　　　　2. で　　　　　　　3. に　　　　　　　4. を

(36) おそく　なりますよ。早く　（　　）なさい。

1. 行って　　　　　2. 行き　　　　　　3. 行く　　　　　　4. 行け

(37) 赤ちゃんが　急に　（　　）だした。

1. なか　　　　　　2. ないて　　　　　3. なき　　　　　　4. なく

(38) 9月に　入って、やっと　すずしく　（　　）　きました。

1. なる　　　　　　2. なった　　　　　3. なり　　　　　　4. なって

(39) 漢字を　（　　）のは　むずかしいです。

1. 書ける　　　　　　2. 書く　　　　　　　3. 書き　　　　　　4. 書いて

(40) あの　はしの　（　　）は　553メートルです。

1. 長い　　　　　　　2. 長いさ　　　　　　3. 長い　こと　　　4. 長さ

(41) ねこが　外へ　（　　）ので、ドアを　開けて　やった。

1. 出たい　　　　　　2. 出たがる　　　　　3. 出られる　　　　4. 出す

(42) 毎朝　6時ごろに　新聞が　はいたつ（　　）。

1. する　　　　　　　2. させる　　　　　　3. している　　　　4. される

(43) ことばの　意味は　自分で　（　　）　おこう。

1. しらべ　　　　　　2. しらべて　　　　　3. しらべる　　　　4. しらべよう

(44) かれは　ハンサムで、男（　　）　かおを　して　います。

1. のような　　　　　2. そうな　　　　　　3. らしい　　　　　4. のはずの

(45) 今日の　会議は　夕方までに　終わるか　（　　）　わかりません。

1. どうも　　　　　　2. どうか　　　　　　3. どんな　　　　　4. どれか

(46) 前川先生なら、もう　（　　）よ。

1. 帰れました　　　2. お帰りました　　　3. 帰らせました　　　4. 帰られました

(47) あしたの　テスト、（　　）と　いいね。

1. かんたん　　　　　2. かんたんな　　　　3. かんたんだ　　　4. かんたんで

(48) 朝ねぼうを　したので、何も　（　　）　出かけました。

1. 食べて　　　　　　2. 食べないと　　　　3. 食べなくて　　　4. 食べずに

(49) 店は 10時に 開くので、店員は 9時半までに 来る （　　）に なって
いる。

1. はず　　　　　　2. の　　　　　　　　3. こと　　　　　　　4. よう

(50) ずいぶん さけを 飲んだので、帰る ときは 妹に 運転を （　　）。

1. させた　　　　　2. して くれた　　3. させられた　　4. して あげた

(51) どれを 買おうかと 考えましたが、やっぱり （　　） しました。

1. 安い　　　　　　2. 安いに　　　　　3. 安いのを　　　　4. 安いのに

(52) 出かける とき、かぎを しめるのを わすれない （　　） して ください。

1. ことに　　　　　2. ように　　　　　3. そうに　　　　　4. はずに

(53) いらっしゃいませ。どうぞ お（　　）ください。

1. 入り　　　　　　2. 入る　　　　　　3. 入って　　　　　4. 入ら

(54) きのう 家へ （　　） とき、駅で 中田さんに 会いました。

1. 帰る　　　　　　2. 帰って　　　　　3. 帰り　　　　　　4. 帰った

(55) さいきん パソコンを 持って いる 人が ふえて （　　）。

1. きました　　　　2. いきました　　　3. なりました　　　4. いました

(56) しゅくだいを やりたくない 人は （　　） いいです。

1. やれば　　　　　2. やっても　　　　3. やらなくても　　4. やらせて

(57) わたしは 25さいに （　　）、けっこん する つもりです。

1. なると　　　　　2. なるなら　　　　3. なれば　　　　　4. なったら

(58) ヤンさんが テニスを して いる（　　）が 見えます。

1. こと　　　　　　2. の　　　　　　　3. もの　　　　　　4. と

(59) 車が　動きません。（　　）　ようです。

1. こしょうの　　　　2. こしょうで　　　　3. こしょう　　　　4. こしょうだ

(60) 日本へ　（　　）　まえに、日本語を　少し　勉強しました。

1. 来て　　　　　　2. 来る　　　　　　3. 来た　　　　　　4. 来ない

(61) ひさしぶりに　運動したら、すっかり　つかれて　（　　）。

1. いきました　　2. みました　　　　3. しまいました　　4. おきました

(62) おさけを　飲んだ　あとは、すぐに　運動しない　（　　）が　いいですよ。

1. ほう　　　　　　2. こと　　　　　　3. よう　　　　　　4. はず

(63) この　小さい　テープレコーダー（　　）、子どもでも　使えます。

1. しか　　　　　　2. なら　　　　　　3. から　　　　　　4. ので

(64) 名前を　（　　）　人は　へやに　入って　ください。

1. よばれた　　　　2. よばせた　　　　3. よんで　いる　　4. よべた

(65) ほしが　きれいだから、あしたも　天気が　（　　）そうです。

1. いい　　　　　　2. よく　　　　　　3. よさ　　　　　　4. よい

(66) 兄は　大学に　行く　（　　）、いっしょうけんめい　勉強して　います。

1. までに　　　　　2. ために　　　　　3. ように　　　　　4. そうに

(67) わたしは　これから　出かける　（　　）。帰ったら　電話を　かけます。

1. ところです　　2. ときです　　　　3. ようです　　　　4. はずです

(68) 今　ちょっと　いそがしいので、だれか　ほかの　人を　（　　）。

1. 行かれます　　2. 行けます　　　　3. 行かせます　　　4. 行きます

(69) 国の　友だちが　わたしと　妹に　きれいな　カードを　送って　（　　）。

1. もらいました　　　2. やりました　　　　3. くれました　　　4. あげました

(70) 青山さんに、あとで　じむしょへ　来る（　　）に　言って　ください。

1. よう　　　　　　　2. こと　　　　　　　3. ほど　　　　　　　4. そう

(71) もう　半年　日本語を　勉強して　いますが、なかなか　じょうずに　（　　）。

1. 話せません　　　　2. 話しません　　　　3. 話されません　　4. 話せます

(72) わたしは　大学を　出たら、小学校の　先生に　（　　）　つもりです。

1. なり　　　　　　　2. なる　　　　　　　3. なって　　　　　　4. なろう

(73) この　文は　（　　）すぎるので、少し　みじかく　した　ほうが　いいでしょう。

1. 長　　　　　　　　2. 長い　　　　　　　3. 長く　　　　　　　4. 長くて

(74) おつかれに　なったでしょう。どうぞ　こちらで　（　　）ください。

1. 休み　　　　　　　2. お休み　　　　　　3. 休まれて　　　　　4. 休ませて

(75) 夏休みに　国へ　（　　）と　思って　いましたが、お金が　ないので　やめました。

1. 帰る　　　　　　　2. 帰った　　　　　　3. 帰ろう　　　　　　4. 帰って　いる

(76) 空が　だんだん　くらく　なって　きました。今夜は　（　　）かも　しれません。

1. 雨　　　　　　　　2. 雨の　　　　　　　3. 雨だ　　　　　　　4. 雨だろう

(77) ジムさんは　ケーキを　（　　）が　じょうずです。

1. 作る　　　　　　　2. 作るの　　　　　　3. 作り　　　　　　　4. 作った

(78) まさおは　京都へ　旅行に　行ったので、今日は　学校に　来ない　（　　）だ。

1. つもり　　　　　　2. こと　　　　　　　3. ばあい　　　　　　4. はず

(79) うちの 子どもは 犬を （　　）。

1. こわいそうです　2. こわいです　　3. こわがります　4. こわかったです

(80) レポートを 出した 人は テストを （　　） かまいません。

1. うけなくても　　2. うけなければ　　3. うけなくては　　4. うけないと

(81) 火事だ。みんな 早く （　　）。

1. にげる　　　　2. にげます　　　3. にげろ　　　　4. にげた

(82) わたしは めがねを かけた 男が あの へやに 入る （　　）を 見ました。

1. ところ　　　　2. こと　　　　　3. ひと　　　　　4. もの

(83) きれいな 花が さく（　　）　毎日 水を やりましょう。

1. ために　　　　2. からに　　　　3. ほどに　　　　4. ように

(84) 一度 この 料理を 作って （　　）と 思って います。

1. しまおう　　　2. みよう　　　　3. いよう　　　　4. くれよう

(85) 子どもの ころ、母に あいさつの しかたを 何かいも （　　）。

1. れんしゅうしました　　　　　　2. れんしゅうさせました
3. れんしゅうされました　　　　　4. れんしゅうさせられました

(86) 社長が 代わるかも しれない （　　） ことを ごぞんじですか。

1. そうだ　　　　2. ような　　　　3. と いう　　　4. と きく

(87) これは 先生が しょうかいして （　　） ぶんぽうの 本です。

1. さしあげた　　2. くださった　　3. いただいた　　4. もらった

(88) A「田中先生の　お母さまが　入院なさった　そうです。」B「それは　（　　）ね。」

1. おしんぱいです   2. おしんぱい

3. ごしんぱいでした   4. ごしんぱいでしょう

(89) A「電気を　（　　）か。」B「いいえ、そのままで　けっこうです。ありがとう。」

1. けしました   2. けしましょう   3. けしません   4. けして　います

(90) この　きかいは　女性（　　）　考えられた　ものです。

1. に   2. より   3. に　よると   4. に　よって

(91) 先生は、どうして　学生が　急に　わらい（　　）のか　わからなかった。

1. だした   2. すぎた   3. おわった   4. やめた

(92) 毎日　水を　（　　）、1か月　くらいで　花が　さきます。

1. やれば   2. くれれば   3. もらえば   4. いただけば

(93) 旅行の　じゅんびは　もう　して　（　　）か。

1. あります   2. おきます   3. いました   4. ありました

(94) ゆかさんは、まだ　ピアノを　始めた　（　　）、とても　じょうずに　ひけます。

1. あとで   2. ばかりなのに   3. ばかりで   4. ときに

(95) 電気が　ついて　います。まだ　だれか　いる（　　）ですね。

1. そう   2. よう   3. ところ   4. こと

(96) あした　学校へ　行く　とちゅうで、図書館に　よって　本を　借りて　（　　）。

1. きます   2. います   3. あります   4. いきます

(97) わたしの　名前は　チョウです。漢字は　（　　）　書きます。

1. こんな   2. こう   3. これ   4. こういう

(98) トイレの　電気が　ずっと　（　　）から　けしましたよ。

　　1. つけて　いた　　2. ついて　いた　　3. つけて　みた　　4. つけて　おいた

(99) いつ　国へ　（　　）、まだ　わかりません。

　　1. 帰ろうか　　　　2. 帰るか　　　　3. 帰りますか　　　4. 帰るか　どうか

(100) この　かばんは　とても　（　　）やすいので、どこへでも　持って　行きます。

　　1. 使って　　　　　2. 使い　　　　　3. 使え　　　　　4. 使う

(101) これは　大木先生に　（　　）　かさです。

　　1. 借りられた　　　2. 借りられる　　　3. お借りに　なる　　4. お借りした

(102) この　くつは　大きすぎて、歩き（　　）です。

　　1. にくい　　　　　2. やすい　　　　　3. やさしい　　　　4. むずかしい

(103) わたしが　金持ち（　　）、大きい　ふねを　買って　世界を　旅行します。

　　1. たら　　　　　2. なら　　　　　3. ば　　　　　　4. で

(104) 山田さんは　3日（　　）　はいしゃに　通って　います。

　　1. おきに　　　　　2. までに　　　　　3. ごろに　　　　　4. だけに

(105) そふは　どんな　ことが　（　　）、毎朝　かならず　さんぽします。

　　1. あると　　　　　2. あれば　　　　　3. あっても　　　　4. あったら

(106) この　問題は　あの　問題ほど　（　　）。

　　1. むずかしい　　　　　　　　　2. むずかしくない

　　3. むずかしかった　　　　　　　4. むずかしく　なる

(107) 田中さんに　手紙の　（　　）方を　習いました。

　　1. 書く　　　　　2. 書いて　　　　　3. 書き　　　　　4. 書け

(108) 友だちの　話に　（　　）、山田さんは　来月　けっこんする　そうです。

1. すると　　　　　2. きくと　　　　　3. なると　　　　　4. よると

(109) エアコンを　（　　）まま　ねると、かぜを　ひきますよ。

1. つける　　　　　2. つけて　　　　　3. つけ　　　　　4. つけた

(110) この　ざっしには　まんがが　多い。（　　）、わかい　人が　この　ざっしを
よく　読むんだ。

1. それから　　　　2. それで　　　　　3. それほど　　　　4. それに

(111) 夏休みに　国へ　帰る（　　）、だれと　だれですか。

1. のは　　　　　　2. ので　　　　　　3. のに　　　　　4. のを

(112) 先生に　何度も　（　　）のに、意味が　わかりませんでした。

1. 聞いた　　　　　2. 聞いて　　　　　3聞き　　　　　4. 聞く

(113) 仕事が　（　　）、食事に　行きましょう。

1. 終わり　　　　　2. 終わると　　　　3. 終わって　　　　4. 終わったら

(114) プレゼントを　買ったら、店員が　きれいに　つつんで　（　　）。

1. あげた　　　　　2. くれた　　　　　3. もらった　　　　4. みた

(115) アンさんの　お父さんは　（　　）　持って　います。

1. 車　3台　　　　2. 3台の　車　　　3. 車を　3台　　　4. 車が　3台を

(116) おじは　わかいころ　仕事を　し（　　）、夜　学校へ　通って　いました。

1. ながら　　　　　2. たので　　　　　3. ても　　　　　4. たのに

(117) だんだん　空が　くらく　なって　（　　）。雨が　ふりそうだ。

1. いた　　　　　　2. きた　　　　　　3. いった　　　　　4. みえた

(118) かさを　持って　こなかったので、午後　雨に　（　　）　こまった。

1. ふられて　　　　　2. ふらせて　　　　　3. ふって　　　　　4. ふらせられて

(119) 社長、今度の　仕事は　ぜひ　わたしに　（　　）　ください。

1. して　もらって　2. されて　　　　　3. やらせて　　　　　4. やって

(120) 父は　元気に　なりましたから、みなさんに　安心（　　）　言って　ください。

1. すると　　　　　2. して　くれ　　　3. する　ように　　4. できる　ために

(121) わたしは　がんばって　はたらいたり、勉強したり　（　　）　が　すきではない。

1. こと　　　　　　2. のこと　　　　　3. するの　　　　　4. するのこと

(122) 来月は　3級の　試験です。よく　じゅんびを　して（　　）と　思います。

1. ある　　　　　　2. おこう　　　　　3. いる　　　　　　4. こよう

(123) もうすぐ　仕事が　終わりますから、終わる　（　　）、待って　いて　ください。

1. まで　　　　　　2. までに　　　　　3. あいだ　　　　　4. あいだに

(124) じゅうしょが　わからない　（　　）、にもつが　送れません。

1. のに　　　　　　2. は　　　　　　　3. と　　　　　　　4. で

(125) カメラを　（　　）、あの　店が　いいでしょう。

1. 買ったら　　　　2. 買うなら　　　　3. 買うと　　　　　4. 買えば

(126) 使い方が　（　　）　いつでも　おたずねください。

1. わからないと　　2. わかったら　　　3. わからなければ　4. わかるなら

(127) 子どもは　ボールを　（　　）と　して　川に　おちました。

1. とる　　　　　　2. とって　　　　　3. とれる　　　　　4. とろう

(128) 来年　英語の　勉強に　アメリカへ　行く　（　　）に　しました。
らいねん　えいご　　べんきょう

　1．ため　　　　　　2．ほう　　　　　　3．こと　　　　　4．もの

(129) A「わたしは　毎朝　さんぽを　します。」
　　　　　　　　まいあさ

　　　B「わたしも、できるだけ　運動する　ように　（　　）。」
　　　　　　　　　　　　　　　　うんどう

　1．して　います　　　　　　　　　2．なって　います

　3．して　あります　　　　　　　　4．なって　あります

(130) 先生は　もう　そちらに　（　　）か。

　1．お着きしました　　　　　　　　2．お着きくださいました
　　　つ

　3．お着きいたしました　　　　　　4．お着きに　なりました

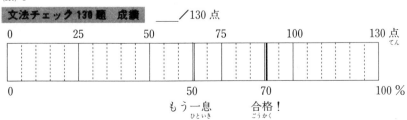

文法チェック130題　解答

| (1) 4 | (2) 3 | (3) 4 | (4) 1 | (5) 1 | (6) 2 | (7) 3 | (8) 2 | (9) 1 | (10) 4 | (11) 2 | (12) 3 | (13) 2 | (14) 4 | (15) 3 | (16) 2 | (17) 1 |

(18) 1　(19) 1　(20) 2　(21) 1　(22) 3　(23) 1　(24) 2　(25) 3　(26) 3　(27) 3　(28) 4　(29) 2　(30) 1　(31) 4　(32) 3　(33) 4　(34) 4

(35) 3　(36) 2　(37) 3　(38) 4　(39) 2　(40) 4　(41) 2　(42) 4　(43) 2　(44) 3　(45) 2　(46) 4　(47) 3　(48) 4　(49) 3　(50) 1　(51) 4

(52) 2　(53) 1　(54) 1　(55) 1　(56) 3　(57) 4　(58) 2　(59) 1　(60) 2　(61) 3　(62) 1　(63) 2　(64) 1　(65) 3　(66) 2　(67) 1　(68) 3

(69) 3　(70) 1　(71) 1　(72) 2　(73) 1　(74) 2　(75) 3　(76) 1　(77) 2　(78) 4　(79) 3　(80) 1　(81) 3　(82) 1　(83) 4　(84) 2　(85) 1

(86) 3　(87) 2　(88) 4　(89) 2　(90) 4　(91) 1　(92) 1　(93) 1　(94) 2　(95) 2　(96) 4　(97) 2　(98) 2　(99) 2　(100) 2　(101) 4

(102) 1　(103) 2　(104) 1　(105) 3　(106) 2　(107) 3　(108) 4　(109) 4　(110) 2　(111) 1　(112) 1　(113) 4　(114) 2　(115) 3

(116) 1　(117) 2　(118) 1　(119) 3　(120) 3　(121) 3　(122) 2　(123) 1　(124) 3　(125) 2　(126) 3　(127) 4　(128) 3　(129) 1

(130) 4

文法チェック130題　成績　　＿＿＿／130点

ステップ1《受身》

問題Ⅰ　受身形を　書きなさい。　　　例：食べる→食べられる

(1)　よぶ　→　　　　　(2)　ほめる　→　　　　　(3)　わらう　→

(4)　とる　→　　　　　(5)　起こす　→　　　　　(6)　質問する　→

(7)　聞く　→　　　　　(8)　来る　→　　　　　(9)　建てる　→

問題Ⅱ　（　）に　入る　ことばを　1・2・3・4から　一つ　えらびなさい。

**　　[　]に　質問の　答えを　入れなさい。**

(1)　しゅくだいを　わすれて、先生（　　）　しかられました。

　　1. が　　　　　　2. は　　　　　　3. を　　　　　　4. に

(2)　キムさんは　リンさん（　　）　手紙を　見られました。

　　1. が　　　　　　2. は　　　　　　3. を　　　　　　4. に

(3)　田中さんは　山川さん（　　）　せんたくを　たのまれました。

　　1. が　　　　　　2. は　　　　　　3. を　　　　　　4. に

　【質問】だれが　せんたくしますか。[　　　　　　　　　]

(4)　この　ざっしは　わかい　人に　（　　　）　います。

　　1. 読んで　　　　2. 読まれて　　　　3. 読ませて　　　　4. 読めて

(5)　雨に　（　　　）、かぜを　ひいて　しまいました。

　　1. ふって　　　　2. ふり　　　　3. ふられて　　　　4. ふらせて

(6)　この　しょうせつは　有名な　かがくしゃ（　　　）　書かれました。

　　1. が　　　　　　2. に　　　　　　3. に よると　　　4. に よって

1. **受身形の　作り方**　Ⅰグループ　　書く　→　**書か~~ない~~＋れる**　→　**書かれる**

　　　　　　　　　　　　Ⅱグループ　　食べる　→　**食べ~~る~~＋られる**　→　**食べられる**

　　　　　　　　　　　　Ⅲグループ　　来る　→　**来られる**　　　する　→　**される**

　＊ 受身形が　ない　動詞：ある、いる、できる、見える、聞こえる、見つかる　など

2. **受身の　文の　作り方**

　①a．先生が　ヤンさんを　よびました。

　　　→ ヤンさんが　生生に　**よばれました。**【よんだ人：先生　／　よばれた人：ヤン】

　　b．先生が　ヤンさんに　質問しました。

　　　→ ヤンさんが　先生に　**質問されました。**

　　　　　　　　　　　　　　　　　【質問した人：先生　／　質問された人：ヤン】

　②・先生が　ヤンさんの　作文を　ほめました。

　　　→ ヤンさんが　先生に　作文を　**ほめられました。**

　　　　　×~~ヤンさんの　作文が~~　ほめられました。

　　　　　　　　　　　【作文を書いた人：ヤン　／　ほめた人：先生　／　ほめられた人：ヤン】

　③・赤ちゃんが　ないた。それで、（わたしは）ねられなかった。

　　　→ （わたしは）赤ちゃんに　**なかれて**、ねられなかった。

　④・（人々が）英語を　世界で　話して　いる。→英語は　世界で　**話されて　いる。**

　　・（～が）この　くつを　デパートで　売って　いる。

　　　　　→　この　くつは　デパートで　**売られて　いる。**

　⑤・Tさんが　この　ビルを　建てた。→この　ビルは　Tさんに　**よって　建てられた。**

　　＊作る、書く、建てる、発見する　などの動詞

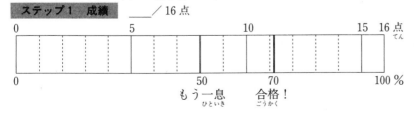

ステップ2《使役》
しえき

問題Ⅰ　使役形を　書きなさい。　　例：食べる　→　食べさせる
しえきけい　　　　　　　　　　　　　れい

(1)　いそぐ　→　　　　　　　　(2)　行く　→　　　　　　　　(3)　話す　→

(4)　持つ　→　　　　　　　　(5)　やめる　→　　　　　　　(6)　走る　→
も　　　　　　　　　　　　　　　　　　　　　　　　　　　　はし

(7)　来る　→　　　　　　　　(8)　する　→　　　　　　　　(9)　見る　→

問題Ⅱ　（　　）に　入れる　ことばを　1・2・3・4から　一つ　えらびなさい。

(1)　キムさんは　リンさん（　　　　）　待たせました。
　　　　　　　　　　　　　　　　　　　　ま

　1. に　　　　　　　　2. で　　　　　　　　3. と　　　　　　　　4. を

(2)　お母さんは　子ども（　　　）　おさらを　あらわせました。

　1. が　　　　　　　　2. に　　　　　　　　3. で　　　　　　　　4. を

(3)　弟は　けがを　して、りょう親（　　　　）　しんぱいさせました。
　　　おとうと　　　　　　　　　　しん

　1. に　　　　　　　　2. で　　　　　　　　3. が　　　　　　　　4. を

(4)　「すみません。ここで　（　　　　）　いただけませんか。」　「どうぞ。」

　1. 休んで　　　　　　2. 休み　　　　　　3. 休まれて　　　　　4. 休ませて

(5)　れんらくを　したいんですが、電話を　（　　　　）　くださいませんか。

　1. 使って　　　　　　2. 使われて　　　　3. 使わせて　　　　　4. 使い
　　つか

(6)　A「きのう、トムさんが　シンさんを　おこらせたんだ。」

　　B「えっ、（　　　）、どうして　おこったの。」

　1. シンさん　　　　　2. トムさん　　　　3. Aさん　　　　　　4. Bさん

1. 使役形の 作り方　Ⅰグループ　書く　→　**書か~~ない~~＋せる**　→　**書かせる**

　　　　　　　　　　　Ⅱグループ　食べる　→　**食べ~~る~~＋させる**　→　**食べさせる**

　　　　　　　　　　　Ⅲグループ　来る　→　**来させる**　　　する　→　**させる**

2. 使役の　文の　作り方

　①・先生「ヤンさん、病院へ　行きなさい。」　ヤン「はい。」

　　　<u>ヤンさんは　病院へ　行きました。</u>

　　　→　先生は　<u>ヤンさん**を**</u>　病院へ　**行かせました。**

　②・先生「ドアを　開けなさい。」　ヤン「はい。」

　　　<u>ヤンさんは　ドアを　開けました。</u>

　　　→　先生は　<u>ヤンさん**に**</u>　ドアを　**開けさせました。**

　③・子どもは　病気が　なおりました。お母さんは　安心しました。

　　　→　子どもは、病気が　なおって、<u>お母さん**を**　安心させました。</u>

　　＊安心する、心配する、困る、泣く、笑う、怒る、驚く、喜ぶ、悲しむ、などの動詞

3. **いろいろな　使役形の　文**

　①・学生「あたまが　いたいので、**帰らせて　いただけませんか。**」　先生「どうぞ。」

　　　→先生は　学生を　**帰らせた。**　　　　　　　　　　　【帰る人：学生】

　②・学生「スピーチを　**させて　ください。**」　先生「どうぞ。」

　　　　　　　　　　【スピーチをしたい人：学生　／　スピーチをしてもいいと言う人：先生】

　③・先生は　リンさんに　そうじを　**させました。**

　　　→<u>リンさんは　先生に　そうじを　**させられました。**</u>　　　[使役受身]

　　　　　　　　　　【そうじをさせる人：先生　／　そうじをした人：リンさん】

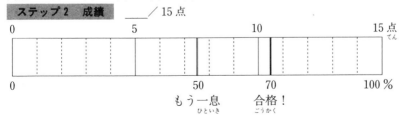

ステップ2　解答
問題Ⅰ　(1)いそがせる　(2)いかせる　(3)はなさせる　(4)もたせる　(5)やめさせる　(6)はしらせる
(7)こさせる　(8)させる　(9)みさせる
問題Ⅱ　(1)4　(2)2　(3)4　(4)4　(5)3　(6)1
ステップ2　成績　＿＿／15点

文法
ステップ3《意志・意向》
いし　いこう

問題Ⅰ　意向形を　書きなさい。　　例：書く → 書こう
いこうけい　　　　　　　　　　　　　　　　　れい

(1) 書く →　　　　　　　(2) 読む →　　　　　　　(3) 帰る →
　　　　　　　　　　　　　　　　　　　　　　　　　　　かえ

(4) やめる →　　　　　　(5) 来る →　　　　　　　(6) する →

(7) 起きる →　　　　　　(8) 勉強する →　　　　　(9) 言う →
　　　お　　　　　　　　　　べんきょう　　　　　　　　　い

問題Ⅱ　（　　）に　入れる　ことばを　1・2・3・4から　一つ　えらびなさい。

(1) 今度の　日曜日、キムさんと　映画を　見に　（　　）と　思って　います。
　　こんど　　にちようび　　　　　　　えいが　　　　　　　　　　　おも
　　1. 行く　　　　　　　2. 行こう　　　　　3. 行って　　　　4. 行けば

(2) 来週　試験が　あるので、今週は　アルバイトを　休む　（　　）です。
　　らいしゅう　しけん　　　　　こんしゅう
　　1. つもり　　　　　2. ために　　　　3. ように　　　　4. ばかり

(3) わたしたちは　来年　けっこんする　（　　）　しました。
　　1. つもりに　　　2. ために　　　　3. ように　　　　4. ことに

(4) さあ、みんなで　ビールを　（　　）。
　　1. 飲む　　　　　2. 飲んで　　　　3. 飲んだ　　　　4. 飲もう

(5) あした　試験なのに、弟は　勉強しよう（　　）。
　　　　　　　　　　　おとうと
　　1. つもりです　　2. に　します　　3. と　しません　　4. と　思います

(6) 出発は　8時です。ちこくしない（　　）　ください。
　　しゅっぱつ
　　1. と　思って　　2. ように　して　　3. ことに　して　　4. つもりに　して

1. 意向形の 作り方　　Ⅰグループ　書く→　**書[か・き・く・け・こ]＋う**　→　**書こう**

　　　　　　　　　　　　Ⅱグループ　食べる　→　**食べる＋よう**　→　**食べよう**

　　　　　　　　　　　　Ⅲグループ　来る　→　**来よう**　　　する　→　**しよう**

2. う　　**Aう**　　Aう：動詞意向形

　①・（自分に）もう、**帰ろう**。帰って、テレビを　**見よう**。

　②・（ほかの 人に）さあ、いっしょに　**歌おう**。　（＝歌いましょう）

3. うと 思う　　**Aうと 思う**　　Aう：動詞意向形

　　・わたし／リンさんは、夏休みに　国へ　**帰ろうと　思います**。

4. うと する　　**Aうと する**　　Aう：動詞意向形

　①・信号を　**わたろうと　した**　ときに、車に　ぶつかった。〔ちょうど そのとき〕

　②・たばこを　**やめようと　した**が、だめだった。〔がんばって Aする／して みる〕

5. うと しない　　**Aうと しない**　　Aう：動詞意向形〔Aする 気持ちが ない〕

　　・父／わたしは、医者に　何度も　注意されたのに、たばこを　**やめようと　しない**。

6. つもり　　**Aつもりだ**　　A：動詞辞書形・ない形

　　・私／リンさんは　今晩は　早く　ねる　**つもりだ**。

7. ことに する　　**Aことに する**　　A：動詞辞書形・ない形

　　・あしたから　たばこを　やめる　**ことに　しました**。〔自分で　決めた〕

※ ことに なる：電気料金が　上がる　**ことに　なった**。〔ほかの 人が　決めた〕

8. に する　　**Aに する**　　A：名詞　〔自分で　決める〕

　　・男「何に　**しますか**。」　女「わたしは　コーヒーに　**します**。」

9. ように する　　**Aように する**　　A：動詞辞書形・ない形

　　・バスに　のらないで、歩く**ように　して　います**。　〔いつも　注意する〕

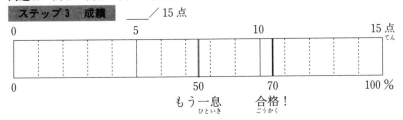

ステップ3　解答

問題Ⅰ　(1)かこう　(2)よもう　(3)かえろう　(4)やめよう　(5)こよう　(6)しよう　(7)おきよう
(8)べんきょうしよう　(9)いおう

問題Ⅱ　(1)2　(2)1　(3)4　(4)4　(5)3　(6)2

ステップ3　成績　＿＿／15点

文法

ステップ4《可能》
か のう

問題Ⅰ　可能形を　書きなさい。　　例：書く　→　書ける
かのうけい　　　　　　　　　れい

(1) 聞く　→　　　　　　(2) 読む　→　　　　　(3) およぐ　→

(4) つづける　→　　　　(5) 来る　→　　　　　(6) する　→

(7) 起きる　→　　　　　(8) そうだんする　→　(9) 買う　→
　　 お　　　　　　　　　　　　　　　　　　　　　　　　 か

問題Ⅱ　（　）に　入れる　ことばを　1・2・3・4から　一つ　えらびなさい。

(1) ここで　しんかんせんの　きっぷを　買う　（　）　できますか。

　1. ことを　　　　2. ことが　　　　3. ほうが　　　　4. ほうを

(2) ここでは　電話が　（　）ません。外へ　出ましょう。

　1. かけ　　　　2. かけてい　　　3. かけられ　　　4. かけれ

(3) わたしも　ピアノが　ひける　（　）　なりたい。

　1. ことに　　　2. ことが　　　　3. ように　　　　4. ようが

(4) 日本語で　せつめい（　）、とても　こまりました。

　1. しなくて　　2. されて　　　　3. させなくて　　4. できなくて

(5) ヤンさんは　料理（　）　できます。
　　　　　　　 りょうり

　1. が　　　　　2. で　　　　　　3. を　　　　　　4. に

(6) 先生、字が　小さくて　（　）。
　　　　　 じ

　1. 見られません　　　　　　　　2. 見る　ことが　できません

　3. 見えません　　　　　　　　　4. 見ません

1. 可能形の　作り方

Ⅰグループ　書く　→　**書**[か・き・く・け・こ]＋**る**　→　**書ける**

Ⅱグループ　食べる　→　**食べる＋られる**　→　**食べられる**

Ⅲグループ　来る　→　**来られる**　　する　→　**できる**

＊　可能形が　ない　動詞：わかる、見える、聞こえる、こまる、病気になる、など

2. 可能形の　文

①・キムさんは　**およげます**が、ヤンさんは　**およげません**。

②・ここで　たばこが／を　**すえます**。　　・ここからは　**出られません**。

＊・ここで　ビデオを　○見られます。／見る　ことが　できます。　×見えます

・この　へやで　音楽を　○聞けます。／聞く　ことが　できます。　×聞こえます

3. ことが　できる　　**Aことが　できる**　　A：動詞辞書形

①・キムさんは　ピアノを　ひく　**ことが　できます**。

②・ここで　たばこを　すう　**ことが　できます**。

4. できる　　**Aが　できる**　　A：名詞

①・ヤンさんは　英語が　**できる**。

②・この　レストランは　よやくが　**できます**。

③・駅前に　新しい　店が　**できました**。

④・先生、レポートが　**できました**。

5. ように　なる　　**Aように　なる**

①A：可能形〔前：できなかった　→　今：できる〕

・キムさんは、前は　**およげませんでした**が、今は　**およげるように　なりました**。

②A：動詞辞書形、ない形　　〔しゅうかんが　かわる〕

・父は　さいきん　早く　**帰るように　なりました**。

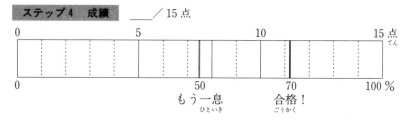

ステップ4　解答　　問題Ⅰ　(1)きける　(2)よめる　(3)およげる　(4)つづけられる　(5)こられる　(6)できる
(7)おきられる　(8)そうだんできる　(9)かえる　　問題Ⅱ　(1)2　(2)3　(3)3　(4)4　(5)1　(6)3

ステップ4　成績　＿＿／15点

0		5		10		15 点

| 0 | | 50 | 70 | 100 % |

もう一息　　合格！
ひといき　　ごうかく

ステップ5《命令・禁止など》
めい れい きん し

問題I 命令形を 書きなさい。　例：書く → 書け
めいれいけい　　　　　　　　　　れい

(1) 行く　→　　　　　　(2) 急ぐ　→　　　　　　(3) 起きる　→
　　　　　　　　　　　　　　 いそ　　　　　　　　　　 お

(4) 待つ　→　　　　　　(5) 言う　→　　　　　　(6) する　→
　　 ま　　　　　　　　　　 い

(7) 飲む　→　　　　　　(8) やめる　→　　　　　(9) 来る　→
　　 の

問題II （　）に 入れる ことばを 1・2・3・4から 一つ えらびなさい。

(1) 父「うるさい。テレビの 音を 小さく （　　）。」　むすこ「はい。」
　　　　　　　　　　　　　　　 おと

　　1. する　　　　　　2. しよう　　　　　3. しない　　　　　4. しろ

(2) 外国へ 行く ばあいは、パスポートを じゅんび（　　） ならない。

　　1. しなければ　　　2. しなくても　　　3. しても　　　　　4. しては

(3) A「帰らないの？」
　　　　 かえ
　　B「うん。これが 終わるまで （　　）と 言われたんだ。」
　　　　　　　　　　　 お

　　1. 帰れ　　　　　　2. 帰るな　　　　　3. 帰ってくれ　　　4. 帰ろう

(4) 早く （　　）。学校に おくれるわよ。
　　 はや

　　1. 起きられます　　2. 起きています　　3. 起きなさい　　　4. 起きさせて

(5) ここで たばこを （　　） いけません。

　　1. すった　　　　　2. すって　　　　　3. すっても　　　　4. すっては

(6) この へやは きれいだから、そうじ（　　）。

　　1. して くれ　　　　　　　　　　　　 2. しても いい

　　3. した ほうが いい　　　　　　　　　4. しなくても いい

1. **命令形の 作り方**　　Ⅰグループ　書く　→　**書**［か・き・く・け・こ］　→　**書け**

　　　　　　　　　　　　　　Ⅱグループ　食べる　→　**食べる＋ろ**　→　**食べろ**

　　　　　　　　　　　　　　Ⅲグループ　来る　→　**来い**　　　　する　→　**しろ**

2. **命令形の 文**　命令形　　・ちょっと　**待て**。　・早く　**起きろ**。

3. **な**　Aな　　A：辞書形　　・スピードを　出す**な**。（＝出しては　いけない）

4. **て（くれ）**　Aて（くれ）　　A：動詞て形　男性：～て くれ　女性：～て
・たすけ**て（くれ）**。　　・その　めがねを　とっ**て　くれ**。

5. **なさい**　Aなさい　　A：動詞ます形　　・勉強し**なさい**。　・質問に　答え**なさい**。

6. **ては　いけない**　Aては　いけない　　Aて：動詞て形

　・さけを　飲んで、運転し**ては　いけない**。

7. **なければ／なくては　いけない／ならない**

　　　　　　　　　Aなければ／なくては　いけない／ならない　　A：動詞ない形

　・あしたは　試験だから、今夜は　勉強し**なければ　ならない**。

8. **ても　いい／かまわない**　Aても　いい／かまわない

　　　　　　　　Aて：動詞て形、い形容詞～くて、な形容詞・名詞＋で

　①・試験が　終わった　人は　帰っ**ても　いいです／かまいません**。

　②・「いつが　いい？」「いつ**でも　いいよ**」〔何・だれ・いつ・どこ・いくら＋でも〕

9. **なくても　いい／かまわない**　Aなくても　いい／かまわない

　　　　　　　　A：動詞ない形、い形容詞～く、な形容詞・名詞＋で

　・この　店は　空いて　いるから、よやくし**なくても　いい**。

10. **ほうが　いい**　Aほうが　いい

　　　　　　　A：動詞た形・ない形、い形容詞、な形容詞＋な、名詞＋の

　・ねつが　あるから、病院へ　行った　**ほうが　いい**。

　　ふろは、入らない　**ほうが　いい**。

ステップ5　解答　　問題Ⅰ　(1)いけ　(2)いそげ　(3)おきろ　(4)まて　(5)いえ　(6)しろ　(7)のめ　(8)やめろ
(9)こい　問題Ⅱ　(1)4　(2)1　(3)2　(4)3　(5)4　(6)4
ステップ5　成績　　＿＿／15点

ステップ**6** 《て いる・て ある・て みる・て いく・ て くる・て おく・て しまう》

問題Ｉ （　）に 入る ことばを 1・2・3・4から 一つ えらびなさい。

(1) わすれない ように ノートに （　） おこう。

　1. 書いて　　　　　2. 書く　　　　　　3. 書けば　　　　　4. 書かない

(2) ずいぶん さむく （　） きましたね。

　1. なった　　　　　2. なる　　　　　　3. なって　　　　　4. なろう

(3) ビール（　） ひやして おきました。さあ、飲みましょう。

　1. で　　　　　　　2. が　　　　　　　3. に　　　　　　　4. を

(4) ここに かばん（　） おいて あるから、田中さんは いる はずです。

　1. で　　　　　　　2. が　　　　　　　3. に　　　　　　　4. を

問題II （　）に 入る ことばを ☐から えらんで、正しい かたちに かえなさい。

いる　　ある　　みる　　くる　　いく　　おく　　しまう

(1) おいしいか どうか、食べて （　） ください。

(2) これからも パソコンを 使う 人が ふえて （　） でしょう。

(3) おかしいな。かぎが 開いて （　）。

(4) さいふを わすれた。とって （　） から、待って いて。

(5) ごめんなさい。カメラを こわして （　）ました。

1．て　いる　　Ａて　いる　　Ａて：動詞て形

　①・「ヤンさんは　いますか。」　「はい。あそこで　**勉強して　います。**」

　②・大学で　心理学を　**勉強して　います。**

　③・さいふが　**おちて　います。**

　④・ヤンさんは　めがねを　**かけて　います。**

　⑤・ヤンさんは　**けっこんして　います。**

2．て　ある　　Ａて　ある　　Ａて：他動詞て形

　・ケーキが／を　**買って　あるし、**ワインも　**ひやして　ある。**

3．て　おく　　Ａて　おく　　Ａて：他動詞て形

　・旅行に　行く　前に、電車の　きっぷを　**買って　おきます。**

4．て　しまう　　Ａて　しまう　　Ａて：動詞て形

　①・この　本は　**読んで　しまったから、**図書館に　かえそう。　〔全部　Ａした〕

　②・あなたの　コップを　**わって　しまいました。**ごめんなさい。　〔失敗、残念〕

5．て　みる　　Ａて　みる　　Ａて：動詞て形

　・くつを　買う　前に、**はいて　みます。**　〔ためしに　Ａする〕

6．て　くる　　Ａて　くる　　Ａて：動詞て形

　①・ヤンさんが　こっちへ　**走って　きました。**　〔ここへ　来る〕

　②・朝ご飯を　家で　**食べて　きて　ください。**　〔Ａしてから　ここへ　来る〕

　③・パンが　ないから、**買って　きて。**　〔Ａして、ここに　もどる／来る〕

　④・あつく　**なって　きましたね。**もうすぐ　夏ですね。　〔今までの　変化〕

　⑤・2年間　日本語の　勉強を　**して　きました。**　〔今まで　つづけた〕

　⑥・雨が　**ふって　きました。**　〔今の　変化〕

7．て　いく　　Ａて　いく　　Ａて：動詞て形

　①・ヤンさんは　学校へ　**走って　いきました。**

　②・母「ご飯を　**食べて　いきなさい。**」　子「はい。」　〔Ａしてから　行く〕

　③・もうすぐ　夏ですね。あつく　**なって　いきますね。**　〔今からの　変化〕

　④・わたしは　これからも　日本語の　勉強を　**して　いきます。**〔今から　つづける〕

ステップ6　解答

問題Ⅰ　(1)1　(2)3　(3)4　(4)2　　問題Ⅱ　(1)みて　(2)いく　(3)いる　(4)くる　(5)しまいました

ステップ6　成績　＿＿＿／9点

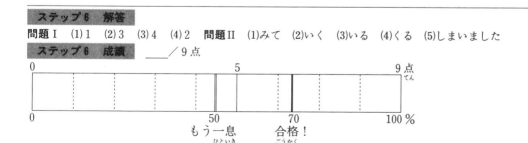

83

ステップ7《〜つづける・〜やすい・〜がる　など》

問題　（　　）に　入る　ことばを　1・2・3・4から　一つ　えらびなさい。

(1)　この　くつは　とても　（　　）やすくて、つかれない。

  1.　歩く
ある　　　　　　2.　歩き　　　　　　3.　歩いて　　　　　4.　歩いた

(2)　ゆうべ　おさけを　（　　）すぎて、あたまが　いたい。

  1.　飲んだ
の　　　　　　2.　飲んで　　　　　3.　飲め　　　　　4.　飲み

(3)　学校へ　行くのを　（　　）がる　子どもが　ふえて　いる。

  1.　いや　　　　　　2.　いやな　　　　　3.　いやだ　　　　　4.　いやに

(4)　急に　風が　（　　）だした。雨が　ふるかも　しれない。
きゅう　かぜ

  1.　ふいた　　　　　2.　ふく　　　　　3.　ふき　　　　　4.　ふかれ

(5)　この　きかいの　（　　）方が　わかりません。
かた

  1.　使う
つか　　　　　　2.　使い　　　　　3.　使って　　　　　4.　使え

(6)　弟は　友だちが　やって　いる　ことを　なんでも　やり（　　）。
おとうと

  1.　たい　　　　　　2.　ほしい　　　　　3.　がる　　　　　4.　たがる

(7)　社長は　ゴルフを　習い（　　）　まだ　1か月だが、　なかなか　じょうずだ。
しゃちょう　　　　なら

  1.　たがって　　　　2.　つづけて　　　　3.　おわって　　　　4.　はじめて

(8)　この　ナイフは　もう　10年も　使い（　　）　います。

  1.　はじめて　　　　2.　つづけて　　　　3.　すぎて　　　　4.　だして

1. **つづける**　A つづける　　A：動詞ます形

　　・子どもは　いつまでも　**なきつづけた**。

2. **はじめる**　A はじめる　　A：動詞ます形

　　・日本語を　**勉強しはじめて**、3年に　なります。

3. **だす**　A だす　　A：動詞ます形

　　・急に　空が　くらくなって、雨が　**ふりだした**。

4. **おわる**　A おわる　　A：動詞ます形

　　・みんなが　**食べおわる**まで、せきを　立っては　いけません。

5. **やすい**　A やすい　　A：動詞ます形

　　① ・この　ボールペンは　**書きやすい**。

　　② ・ここは　ぬれて　いて、**すべりやすい**から、気を　つけて　ください。

6. **にくい**　A にくい　　A：動詞ます形

　　① ・この　カメラは　**使いにくい**。

　　② ・この　ガラスは　あつくて、**われにくい**。

7. **すぎる**　A すぎる　　A：動詞ます形

　　・たばこを　**すいすぎない**ように　気を　つけましょう。

8. **たがる**　A たがる　　A：動詞ます形

　　・ヤンさんは　お母さんの　料理を　**食べたがって**　いる。

　　＊ （わたしは）母の　料理が　食べたい。

9. **がる**　A がる　　A：い形容詞~~い~~ （こわ~~い~~、さびし~~い~~、かなし~~い~~、いた~~い~~、など）、
　　　　　　　　　　な形容詞 （いや、ふしぎ、など）、〜た~~い~~、ほし~~い~~

　　・この　くすりは　にがいので、子どもは　飲むのを　**いやがります**。

10. **かた**　A かた　　A：動詞ます形

　　・この　コピー機の　**使い方**を　教えて　ください。

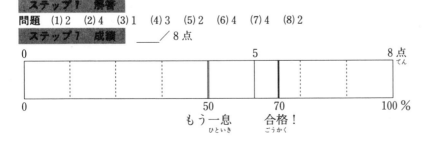

ステップ 1　解答							
問題　(1) 2	(2) 4	(3) 1	(4) 3	(5) 2	(6) 4	(7) 4	(8) 2

ステップ 1　成績　＿＿／8点

ステップ **8** 《だろう・ようだ・そうだ・らしい・はずだ》

問題 　（　）に　入る　ことばを　1・2・3・4から　一つ　えらびなさい。

(1)　A 「ポケットから　さいふが　（　）そうですよ。」

　　　B 「あっ、ほんとだ。どうも　ありがとう　ございます。」

　　1. おちる　　　　　　2. おちた　　　　　　3. おちて　　　　　　4. おち

(2)　かれは　そこに　いなかったのだから、じこを　（　）はずが　ない。

　　1. 見て　　　　　　　2. 見た　　　　　　　3. 見ない　　　　　　4. 見なかった

(3)　A 「きのうの　サッカーの　しあい、日本が　かちましたね。」

　　　B 「ええ。日本が　かつと　（　）ので、びっくりしました。」

　　1. 思った　　　　　　2. 思わない　　　　　3. 思う　　　　　　　4. 思わなかった
　　　おも

(4)　A 「トムさんは　おさけが　強いですね。」
　　　　　　　　　　　　　　　つよ
　　　B 「えっ、トムさんは　まだ　（　）はずですよ。」

　　1. 高校生だ　　　　　2. 高校生な　　　　　3. 高校生の　　　　　4. 高校生で

(5)　リンさんの　妹さんは　ピアノが　（　）らしい。
　　　　　　　　いもうと
　　1. じょうず　　　　　2. じょうずだ　　　　3. じょうずな　　　　4. じょうずに

(6)　天気よほう「今年の　夏は　あつく　なる（　）。」
　　　　　　　　　ことし　なつ
　　1. そうです　　　　　2. でしょう　　　　　3. と　おもいます　　4. らしいです

(7)　みんなが　話して　いるのを　聞いたんだけど、山田さんと　木村さんが
　　　　　　　　　　　　　　　　　　　　　　　やまだ　　　　きむら
　　けっこんした　（　）ね。

　　1. はずだ　　　　　　2. らしい　　　　　　3. だろう　　　　　　4. と　おもう

1. **だろう・でしょう**　　Aだろう／でしょう　　A：普通形（な形容詞・名詞だ）

　　・天気よほう「あしたは、今日より　あつく　なる**でしょう**。」　　×なると　思います。

2. **と　思う**

　　①Aと　思う／思って　いる　　A：普通形

　　・（わたしは）　日本語は　むずかしくないと　思う。／思って　いる。

　　②A（だろう）と　思う　　A：普通形

　　・（わたしは）　たぶん　ヤンさんは　家に　いない（**だろう**）と　思う。

3. **かも　しれない**　　Aかも　しれない　　A：普通形（な形容詞・名詞だ）

　　・あたる**かも　しれない**から、たからくじを　買おう。

4. **はずだ**　　Aはずだ　　A：普通形（な形容詞＋な、名詞＋の）

　　・田中さんは　英語の　先生だから、英語が　話せる　**はずだ**。

5. **はずが　ない**　　A　はずが　ない　　A：普通形（な形容詞＋な、名詞＋の）

　　・トムさんは　きのう　国へ　帰ったから、今日　ここに　来る　**はずが　ない**。

6. **ようだ**　　Aようだ　　A：普通形（な形容詞＋な、名詞＋の）

　　・あたまが　いたいし、ねつも　ある。かぜを　ひいた　**ようだ**。

7. **らしい**　　Aらしい　　A：普通形（な形容詞・名詞だ）

　　①・リンさんと　キムさんが　話して　いた。来週　試験が　ある　**らしい**。

　　②・かれは　男**らしい**　話し方を　する。

8. **そうだ**　　Aそうだ／Aそうな／Aそうに

　　①A：普通形　　・天気よほうに　よると、台風が　来る**そうだ**。

　　②A：動詞ます形　　・強い　風ですね。あっ、あの木、たおれ**そう**ですよ。

　　③A：い形容詞~~い~~、な形容詞~~な~~　　・おいし**そうな**　ケーキだ。食べて　みよう。

　　　　　　　　　　　　　　　　　　・この　問題は　かんたん**そうだ**。

ステップ9 《より・ほう・ほど・よう　など》

問題　（　）に　入る　ことばを　1・2・3・4から　一つ　えらびなさい。

(1) 春と　夏（　）　どちらが　すきですか。
<small>はる</small>　<small>なつ</small>

　　1. は　　　　　　　2. と　　　　　　　3. が　　　　　　4. で

(2) 去年は　雨が　たくさん　ふったが、今年は　（　）。
<small>きょねん</small>　　　　　　　　　　　　　<small>ことし</small>

　　1. あまり　ふらない　　　　　　2. よく　ふる

　　3. ときどき　ふる　　　　　　　4. また　ふった

(3) きのうは　夏の　ように　（　）ですね。

　　1. あつい　　　　2. あつくない　　　3. あつかった　　4. あつくなかった

(4) リンさんは　ヤンさん（　）　日本語が　じょうずでは　ない。

　　1. みたい　　　　2. ように　　　　3. ほど　　　　4. ほう

(5) 一人で　旅行するより　友だちと　旅行する　（　）が　楽しい。
　　　　　　<small>りょこう</small>　　　　　　　　　　　　　　　　<small>たの</small>

　　1. よう　　　　　2. ほう　　　　3. ほど　　　　4. より

(6) 鳥の　（　）　空を　とびたい。
　　<small>とり</small>　　　　　<small>そら</small>

　　1. ように　　　　2. ほどに　　　3. ほうに　　　4. よりに

(7) 「この　なかで、（　）が　いちばん　すきですか。」　「これです。」

　　1. どちら　　　　2. どれ　　　3. どこ　　　4. なに

(8) かのじょは　大学生なのに、話し方が　子ども　（　）だ。
　　　　　　　　　　　　　　<small>かた</small>

　　1. よう　　　　　2. そう　　　3. らしい　　　4. みたい

1. **〜は　〜より**　　A1は　A2より　B

・中国は　日本より　大きい。〔中国＞日本〕

2. **〜より　〜ほうが**　　A1より　A2の　ほうが　B　　A1＜A2

・日本より　中国の　ほうが　大きい。〔日本＜中国〕

3. **〜と　〜と　どちらが　〜か**　A1と　A2と　どちらが　Bか

　〜ほうが　〜　　A1／A2の　ほうが　B

・「東京と　大阪と　どちらが　人口が　多いですか。」

　「東京の　ほうが　多いです。」〔東京＞大阪〕

4. **〜の　なかで　〜が　いちばん**　Aの　なかで　A1が　いちばんB

・「きせつの　なかで　いつが　いちばん　すきですか。」　「夏です。」

5. **〜ほど　〜ない**　A2は　A1ほど　Bない　　A1＞A2

・大阪は　人口が　多いが、東京**ほど**　多**くない**。〔大阪＜東京〕

　＝大阪より　東京の　ほうが　人口が　多い。

6. **よう**　　Aようだ　　Aような　　Aように

・この　にんぎょうは　生きて　いる**ようだ**。

・雨も　ふるし、風も　強い。今日は　台風の　**ような**　天気だ。

・この　けしきは　えの　**ように**　きれいだ。

7. **みたい**　　Aみたいだ　　Aみたいな　　Aみたいに

・たからくじが　あたった。うそ　**みたいだ**。

・父は　子ども　**みたいな**　かおを　して、ゲームを　して　います。

・この　水は　こおり　**みたいに**　つめたい。

8. **〜は　〜が、〜は　〜**　　A1は　Bが、A2は　C

・兄**は**　せが　高いが、弟**は**　せが　ひくい。

ステップ9　解答

問題　(1)2　(2)1　(3)3　(4)3　(5)2　(6)1　(7)2　(8)4

ステップ9　成績　＿＿＿／8点

0			5		8点

0		50	70		100 %
		もう一息	合格！		

ステップ 10《と・ば・たら・なら》

問題　（　）に　入る　ことばを　1・2・3・4から　一つ　えらびなさい。

(1)　お金を　入れて、この　ボタンを　（　　）と、きっぷが　出ます。

　　1. おす　　　　　　　2. おした　　　　　3. おして　　　　　4. おせ

(2)　100万円　（　　）ば、車が　買えます。

　　1. あった　　　　　2. あり　　　　　　3. ある　　　　　4. あれ

(3)　れんしゅうを（　　）ば、日本語は　じょうずに　なりません。

　　1. しない　　　　　2. しなかった　　　3. しなくて　　　　4. しなけれ

(4)　駅に　近くて　（　　）なら、その　アパートを　借りる　つもりです。

　　1. べんり　　　　　2. べんりな　　　　3. べんりだ　　　　4. べんりで

(5)　京都へ　（　　）、秋が　いいです。

　　1. 行けば　　　　　2. 行ったら　　　　3. 行くなら　　　　4. 行くと

(6)　写真を　（　　）、わたしにも　見せて　ください。

　　1. とると　　　　　2. とれば　　　　　3. とるなら　　　　4. とったら

(7)　夏休みに　（　　）、富士山に　のぼる　つもりです。

　　1. なれば　　　　　2. なると　　　　　3. なったら　　　　4. なるなら

(9)　教室は　きんえんです。たばこを　（　　）、外へ　出て　ください。

　　1. すうと　　　　　2. すえば　　　　　3. すったら　　　　4. すうなら

1. **たら**　Aたら　B　　Aた：動詞た形、い形容詞↩かった、な形容詞・名詞だった

①・春に　なった**ら**、さくらが　さき**ます**。〔いつも、かならず〕

②・あした　天気が　よかった**ら**、テニスを　します。

③・あした　天気が　よかった**ら**、いっしょに　テニスを　**しませんか**／**しましょう**。

・わからなかった**ら**、いつでも　質問して　**ください**。

④・じゅぎょうが　終わった**ら**、映画を　見に　行こう。〔かならず Aに　なる。その あと B〕

⑤・カーテンを　開けた**ら**、ゆきが　ふって　いました。〔Aの あと、Bと わかった〕

⑥・くすりを　飲んだ**ら**、元気に　なり**ました**。　〔Aの　あと　B〕

2. **ば**　Aば　B　　Aば形：動詞ば、い形容詞↩ければ、な形容詞・名詞＋なら

①・春になれ**ば**、さくらがさき**ます**。〔いつも、かならず〕

②・明日　天気が　よけれ**ば**、テニスを　します。　〔よくなければ、しない〕

③・明日　天気が　よけれ**ば**、いっしょに　テニスを　**しませんか**／**しましょう**。

・わからなけれ**ば**、いつでも　質問して　**ください**。

3. **と**　Aと　B　　A：動詞辞書形・ない形、い形容詞、な形容詞・名詞＋だ、

①・春に　なる**と**、さくらが　さき**ます**。〔いつも〕　＊×〜と、〜しましょう／ください

②・まどを　開ける**と**、雪が　ふって　いました。〔Aの あと、Bと わかった〕

③・薬を　飲む**と**、元気に　なった。　〔Aの あと B〕

4. **なら**

①　Aなら　B　　A：な形容詞・名詞

・あした　ひま**なら**、テニスを　します。　〔ひまでなければ、しない〕

②　Aなら　Bが　いい／べんり　　A：動詞辞書形・ない形、名詞

・電気製品**なら**、秋葉原が　**いい**。　　・町へ　行く**なら**、車が　**べんり**です。

③　Aなら　B　　A：動詞辞書形・ない形　B：動詞　〔Aの　まえに　B〕

・食事を　する**なら**、手を　あらいなさい。

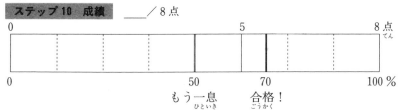

ステップ11《あげる・もらう・くれる・やる》

問題 （　）に 入る ことばを 1・2・3・4から 一つ えらびなさい。

(1)　A「いい　時計ですね。」　B「友だち（　　）　もらったんです。」

と けい
　　1. に　　　　　　　2. が　　　　　　　3. を　　　　　　　4. は

(2)　これは　母（　）　あんで　くれた　セーターです。
　　1. は　　　　　　　2. が　　　　　　　3. を　　　　　　　4. に

(3)　その　写真を　わたし（　　）　見せて　いただけませんか。

しゃしん
　　1. が　　　　　　　2. は　　　　　　　3. を　　　　　　　4. に

(4)　青木先生が　わたし（　　）　作文を　なおして　くださいました。

あお き　　　　　　　　　　　　さくぶん
　　1. が　　　　　　　2. に　　　　　　　3. の　　　　　　　4. を

(5)　キムさんが　国へ　帰るので、ヤンさんは　キムさん（　　）　車で　くうこうまで

　　かえ
　　送って　あげました。

おく
　　1. が　　　　　　　2. は　　　　　　　3. に　　　　　　　4. を

(6)　すみません。その　じしょを　とって　（　　）ませんか。
　　1. もらい　　　　　2. ください　　　　3. やり　　　　　　4. あげ

(7)　毎朝　花に　水を　（　　）ください。

まいあさ はな
　　1. いただいて　　　2. もらって　　　　3. くれて　　　　　4. やって

(8)　「これは　おいしい　りんごですね。」　「スミスさんが　送って　（　　）。」
　　1. あげました　　　2. もらいました　　3. くれました　　　4. やりました

1. あげる（さしあげる）―　もらう（いただく）

① X は　Y に　Z を　あげる ＝ Y は　X に　Z を　もらう

・友子は　洋子に　本を　あげる。＝洋子は　友子に　本を　もらう。

② わたしは　Y に　Z を　あげる　　　×Y は　~~わたしに~~　Z を　もらう

・わたしは　リンさんに　ケーキを　あげる。

2. くれる／くださる　　X は わたしに Z を くれる ＝ わたしは X に Z を もらう

・ヤンさんは　わたしに　本を　くれる。＝わたしは　ヤンさんに　本を　もらう。

＊・先生に　さしあげる。　　　・先生が　くださる。＝先生に　いただく。

3. やる　　X は Y(犬、花など)に Z を やる　　＝ Y は X に Z を もらう

・ヤンさんは　犬に　えさを　やる。＝犬は　ヤンさんに　えさを　もらう。

4. 〜て　あげる／さしあげる・もらう／いただく・くれる／くださる・やる

X は　Y に　A て　あげる・もらう・くれる・やる　　A て：動詞て形

① ・ヤンさんは　リンさんを　車で　送って　あげる。

=リンさんは　ヤンさんに　車で　送って　もらう。

② ・ヤンさんは　リンさんに　じしょを　貸して　あげる。

=リンさんは　ヤンさんに　じしょを　貸して　もらう。

③ ・ヤンさんは　リンさんの　にもつを　持って　あげる。

=リンさんは　ヤンさんに　にもつを　持って　もらう。

④ ・わたしは　トムさんに　漢字を　教えて　あげる。

×トムさんは　~~わたしに~~　漢字を　教えて　もらう。

⑤ ・ヤンさんが　わたしの　仕事を　てつだって　くれる。

=わたしは　ヤンさんに　仕事を　てつだって　もらう。

⑥ ・ヤンさんは　犬を　さんぽに　つれて　いって　やる。

ステップ11　解答

問題　(1)1　(2)2　(3)4　(4)3　(5)4　(6)2　(7)4　(8)3

ステップ11　成績　＿＿／8点

0				5			8点

0　　　　　　　　　　50　　　　70　　　　　　　100 ％

　　　　　　　　もう一息　　合格！

ステップ12《助詞 など》

問題 （　）の 中に 入る ことばを 1・2・3・4から 一つ えらびなさい。

(1) 外で 子どもが あそんで いる こえ（　）　する。

  1. は　　　　　　　2. を　　　　　　　3. で　　　　　　　4. が

(2) この 本は 来週の 水曜日（　）　かえして ください。

  1. から　　　　　　2. まで　　　　　　3. からで　　　　　4. までに

(3) 来週 試験なのに、弟は （　）ばかり います。

  1. ねる　　　　　　2. ねた　　　　　　3. ねて　　　　　　4. ねろ

(4) バスが 来ない。会社に 間にあう （　）　しんぱいだ。

  1. か どうか　　　2. か どうは　　　3. は　　　　　　　4. が

(5) この カーテンは いくら （　）　きれいに なりません。

  1. あらったら　　　2. あらうが　　　　3. あらっても　　　4. あらわないで

(6) この くすりは 1日に 3かい、8時間 （　）　飲んで ください。

  1. ほどに　　　　　2. までに　　　　　3. よりに　　　　　4. おきに

(7) カーテンを 買う まえに、まどの （　）を はかって おこう。

  1. 高い　　　　　　2. 高く　　　　　　3. 高さ　　　　　　4. 高み

(8) A「いつが いいですか。」 B「（　）　いいですよ。」

  1. いつも　　　　　2. いつか　　　　　3. いつまで　　　　4. いつでも

1. **がする**　Aが　する　A：音、こえ、におい、味　　・花の　においが　**する**。

2. **まで**　Aまで　B　　・5時まで　待つ。〔5時に　なるまで、ずっと　待っている〕

3. **までに**　Aまでに　B　　・5時までに　来て　ください。〔5時より　前に　来る〕

4. **も**　Aも　B　　・ヤンさんは　ビールを　10本も　飲みました。　　〔多い〕

5. **ばかり**

　　① Aばかり　B　　A：名詞、動詞て形　　・妹は　あそんで　**ばかり**　いる。

　　② Aた　ばかりだ　　Aた：動詞た形

　　　　・この　カメラは　先週　買った　**ばかりなのに**、もう　こわれて　しまった。

6. **でも**　Aでも　　A：名詞、疑問詞　A：例〔ほかの　ものも　いい〕

　　・コーヒー**でも**　飲みましょう。　　・雨の　日**でも**　ジョギングします。

　　・だれ**でも**　知って　います。　　〔みんな　知っている〕

7. **ても／でも**　Aて：動詞て形、い形容詞いくて、な形容詞・名詞＋で

　　① Aても／でも　　・雨が　ふっ**ても**、テニスを　する。

　　② 疑問詞＋Aても／でも　　・トムさんは、いくら　よん**でも**　へんじを　しません。

8. **か**　① A（〜）か　　A：疑問詞　　・父が　いつ　帰る**か**　わかりません。

　　　　② Aか　どうか　B　　A：普通形（な形容詞・名詞だ）

　　　　・兄が　今夜　帰る**か**　どうか　わからない。

9. **と　言う／書く**　Aと　B　　A：普通形（な形容詞・名詞＋だ）

　　・手紙に　会いたいと　**書いて**　あった。　　・父は　「勉強しろ」と　言った。

10. **さ**　Aさ　Aさ：い形容詞いく、な形容詞＋さ（長さ、広さ、大切さ、べんりさ　など）

　　・富士山の　**高さ**は　3776メートルです。

11. **おき**　Aおき　A：数　・3日**おき**に　病院へ　行く。

　　　〔行く　日と　行く　日の　間に、行かない　日が　3日ある〕

ステップ 13 《から・ので・のに・て・し》

問題 （　）に 入る ことばを 1・2・3・4から 一つ えらびなさい。

(1)　今日は （　）ので、図書館は 休みです。
　　1. 月曜日な　　　　　2. 月曜日　　　　　3. 月曜日だ　　　　4. 月曜日で

(2)　A「どうして しかられたんですか。」　B「しゅくだいを わすれた （　）。」
　　1. のでです　　　　2. からです　　　　3. のためです　　　4. んですから

(3)　あたまが いたい （　）、ねつも あるから、今日は もう 帰ります。
　　1. ので　　　　　2. し　　　　　3. て　　　　　4. から

(4)　友だちが （　）、さびしいです。
　　1. いなくて　　　　2. いないで　　　　3. いないだし　　　4. いないだから

(5)　兄は 写真を とるのが （　）から、カメラを たくさん 持って いる。
　　1. すき　　　　　2. すきな　　　　3. すきだ　　　　4. すきで

(6)　おなかが すいて いない （　）、ごはんを 食べなければ なりませんでした。
　　1. から　　　　　2. ので　　　　　3. し　　　　　4. のに

(7)　病気に なる （　）、たばこを やめなさい。
　　1. のは　　　　　2. し　　　　　3. から　　　　　4. のに

(8)　父が 病気 （　）　入院しました。
　　1. で　　　　　2. て　　　　　3. し　　　　　4. から

1. **から**　`Aから B`　A：普通形（な形容詞・名詞＋だ）、ていねい形

・時間が　ありません**から**、急ぎましょう。

・あしたは　試験だ**から**、　勉強しなさい。

＊「どうして　日本語を　勉強するの　ですか。」

　　「日本の　大学へ　行きたい<u>からです</u>。」　　　×のでです

2. **ので**　`Aので B`　A：普通形（な形容詞・名詞＋な）、ていねい形

・日曜日な**ので**、電車が　すいて　います。

・あしたは　試験が　ある**ので**、勉強を　<u>します</u>。　　×しよう、しろ、しなさい

3. **のに**　`Aのに B`　A：普通形、な形容詞・名詞＋な

・あした　試験が　ある**のに**、勉強を　しません。

・日曜日な**のに**、会社へ　行かなければ　なりません。

4. **て**　`Aて B`　Aて：動詞て形、い形容詞~~い~~くて、な形容詞・名詞＋で

・あたまが　いたく**て**、<u>勉強できません</u>。

　　　　　　　　　×くすりを　飲みましょう　×飲んで　ください

・日本語が　わからなく**て**、こまりました。

5. **し**

　①　`A1し、A2`　A：普通形、な形容詞・名詞＋だ

・かれは　あたまも　いい**し**、せいかくも　いい。

　②　`A1し、A2から、B`　A：普通形（な形容詞・名詞＋だ）、Bの　理由

・この　店は　味も　いい**し**、店員も　親切だ**から**、きゃくが　多い。

6. **で**　`Aで B`　A：名詞、Bの　理由　　・かぜ**で**　学校を　休みました。

ステップ13　解答
問題　(1)1　(2)2　(3)2　(4)1　(5)3　(6)4　(7)3　(8)1
ステップ13　成績　＿＿／8点

0					5			8点

0　　　　　　　　　　　　　　　　50　　　　70　　　　　100 %
　　　　　　　　　　　　　　もう一息　　合格！

ステップ **14**《ために・ように》

問題　（　　）に　入る　ことばを　1・2・3・4から　一つ　えらびなさい。

(1)　今度の　旅行（　　）、大きい　かばんを　買いました。

　　1. の　ように　　　　2. の　ために　　　　3. な　ために　　　4. で　ように

(2)　パソコンを　（　　）　ために、お金が　なくなりました。

　　1. 買う　　　　　　　2. 買って　　　　　　3. 買った　　　　　4. 買おう

(3)　パソコンを　（　　）　ために、アルバイトを　しました。

　　1. 買う　　　　　　　2. 買って　　　　　　3. 買った　　　　　4. 買おう

(4)　日本語の　新聞が　（　　）ように、漢字の　勉強を　して　います。

　　1. 読む　　　　　　　2. 読まれる　　　　　3. 読める　　　　　4. 読ませる

(5)　にっきを　読まれない（　　）、ひきだしの　中に　しまいました。

　　1. ために　　　　　　2. そうに　　　　　　3. のに　　　　　　4. ように

(6)　医者に　あまり　おさけを　飲みすぎない（　　）　言われました。

　　1. ことを　　　　　　2. ように　　　　　　3. ために　　　　　4. からと

(7)　さいきん　毎朝　ジョギングを　（　　）ように　なりました。

　　1. する　　　　　　　2. して　　　　　　　3. した　　　　　　4. できる

(8)　毎日　早く　ねる（　　）　して　います。

　　1. ことを　　　　　　2. ように　　　　　　3. ために　　　　　4. からに

1. **ため（に）** 　Aため（に）B　A：普通形（な形容詞＋な、名詞＋の）

　①・じこの　**ために**、電車が　おくれました。

　②・日本語を　勉強する　**ために**　日本へ　来ました。

　③・家族の　**ために**　はたらきます。

2. **ように**　Aように　B　A：動詞

　①　A：ない形　・かぜを　ひかない**ように**、へやを　あたたかく　します。

　②　A：可能形　・漢字が　書ける**ように**、よく　れんしゅうして　ください。

　③　A：辞書形　・テニスが　じょうずに　なる**ように**、毎日　れんしゅうします。

　　　　　　　　・ねつが　下がる**ように**、くすりを　飲みました。

　　　　　　　　・よく　わかる**ように**、せつめいして　ください。

3. **ように　する**　Aように　する　A：動詞辞書形・ない形

　・やさいを　たくさん　食べる**ように　して**　います。〔気を　つけている〕

　・あしたから　ちこくしない**ように　します**。〔注意する〕

4. **ように　なる**　Aように　なる　A：動詞辞書形・ない形

　・日本に　来てから、自分で　料理を　**するように　なりました**。

　　　　　　　　　　　　　　〔自分の　国では　料理を　しなかった〕

5. **ように（と）　言う／たのむ／注意する**　Aように（と）　言う／たのむ／注意する

　　　　　　　　　　　　　　　　　A：動詞辞書形・ない形

　・先生「ヤンさん、早く　レポートを　出して　ください／出しなさい。」

　　→先生は　ヤンさんに　早く　レポートを　出す**ように　言いました**。

　・わたしは、となりの　人に　しずかに　する**ように　たのみました**。

ステップ14・解答

問題　(1)2　(2)3　(3)1　(4)3　(5)4　(6)2　(7)1　(8)2

ステップ14　成績　＿＿／8点

0				5			8点

0　　　　　　　　　　　50　　　　70　　　　100％

　　　　　　　　　もう一息　合格！

99

いき

ステップ**15**《とき・ところ　など》

問題　（　　）に　入る　ことばを　1・2・3・4から　一つ　えらびなさい。

(1)　A「おそく　なって、すみません。」B「わたしも　今　（　　）　ところです。」

1. くる　　　　　　　2. きて　　　　　　3. きた　　　　　　4. こない

(2)　今　お茶を　（　　）　ところです。いっしょに　飲みませんか。

1. 飲む　　　　　　2. 飲んだ　　　　　3. 飲んで　　　　　4. 飲まない

(3)　かぜを　ひいて　（　　）　ところに、スミスさんが　来ました。

1. ねる　　　　　　2. ねて　　　　　　3. ねて　いる　　　4. ねよう

(4)　学校へ　（　　）　とき、駅で　友だちに　会いました。

1. 行って　　　　　2. 行かない　　　　3. 行った　　　　　4. 行く

(5)　サリさんは　何も　（　　）、帰って　しまいました。

1. 言わない　　　　2. 言わなくて　　　3. 言って　　　　　4. 言わないで

(6)　友だちと　（　　）　歩いて　いたら、自転車に　ぶつかって　しまいました。

1. 話して　　　　　2. 話しながら　　　3. 話したり　　　　4. 話した　まま

(7)　かぜを　ひくから、まどを　（　　）　まま　ねては　いけません。

1. あけた　　　　　2. あけて　　　　　3. あける　　　　　4. あけ

(8)　田村さんは　仕事も　（　　）、あそんで　ばかり　います。

1. しなくて　　　　2. せずに　　　　　3. しながら　　　　4. した　まま

1. **とき**　 A　とき 　A：普通形（な形容詞＋な、名詞＋の）

　①A：動詞辞書形　・日本へ　来る **とき**、かばんを　買いました。

　　　　　　　　　　　　　　　　　　　　〔自分の　国で　買った〕

　②A：動詞た形　・日本へ　来た **とき**、かばんを　買いました。〔日本で　買った〕

　③A：い形容詞、な形容詞＋な、名詞＋の

　　・わかい **とき**、テニスを　して　いました。　・ひまな **とき**、絵を　かきます。

　　・子どもの **とき**、大阪に　住んで　いました。

2. **ところ**　 A　ところだ

　①A：動詞辞書形

　　・これから　映画を　見に **いく** ところです。いっしょに　行きませんか。

　②A：動詞た形

　　・「仕事は　終わりましたか。」

　　　「ええ、たった今　**終わった** ところです。帰りましょう。」

　③A：動詞〜ている

　　・「会議の　じゅんびは　できましたか。」

　　　「今　**して　いる** ところです。もう　少し　待って　ください。」

3. **ながら**　 A.ながら　B 　A：動詞ます形　B：動詞

　　・リンさんは　歌を　歌い**ながら**、そうじを　して　います。

4. **ないで／ずに**　 Aないで／ずに　B 　A：動詞ない形　B：動詞

　　・時計を　**しないで／せずに** 学校へ　行きました。

5. **たまま**　 Aたまま　B 　Aた：動詞た形　B：動詞

　　・めがねを　かけ**たまま**、ねて　しまいました。

　　＊じしょを　見て　勉強します。　（×じしょを　見たまま　勉強します。）

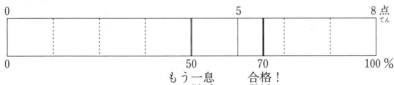

ステップ15　解答
問題　(1) 3　(2) 1　(3) 3　(4) 4　(5) 4　(6) 2　(7) 1　(8) 2
ステップ15　成績　＿＿／8点

| 0 | | | | 5 | | | 8点 |

| 0 | | | 50 | | 70 | | 100 % |
| | | | もう一息 | | 合格！ | | |

ステップ **16**《お(ご)～になる・お(ご)～する・こと・の》

問題　(　　)　に　入る　ことばを　1・2・3・4から　一つ　えらびなさい。

(1)　どうぞ　こちらに　(　　)　ください。

　　1. おすわって　　　　2. おすわり　　　　　3. おすわる　　　　　4. おすわれ

(2)　社員「これは　社長が　(　　)　写真ですか。」社長「いや、かないが　とったんだ。」

　　1. とられた　　　　　2. とった　　　　　　3. とらせた　　　　　4. とれた

(3)　学生「先生、何を　(　　)　いらっしゃいますか。」　先生「リンさんの　作文だよ。」

　　1. お読み　いたして　　　　　　　　　2. お読み　して

　　3. お読みに　なって　　　　　　　　　4. お読みに　なさって

(4)　ぜひ　京都へ　いらっしゃって　ください。私が　(　　)。

　　1. ごあんない　します　　　　　　　　2. ごあんないに　なります

　　3. おあんない　します　　　　　　　　4. あんないされます

(5)　「ケーキを　食べない　(　　)?」　「ええ、きらいなんです。」

　　1. か　　　　　　　　2. よ　　　　　　　　3. の　　　　　　　　4. わ

(6)　キムさんは　歌を　歌う　(　　)　じょうずです。

　　1. のが　　　　　　　2. ので　　　　　　　3. のに　　　　　　　4. のを

(7)　けいかんが　どろぼうを　つかまえる　(　　)　見た。

　　1. のが　　　　　　　2. ことが　　　　　　3. のを　　　　　　　4. ことを

(8)　店で　はたらいて　います。わたしの　仕事は　品物を　ならべる　(　　)　です。

　　1. こと　　　　　　　2. もの　　　　　　　3. の　　　　　　　　4. とき

1. **お／ご〜に　なる**　　お／ごAに　なる　　A：動詞ます形〔目上の　人が　Aする〕

　　　　　　　　　　　　　　　　　　　　　　　×する、来る、着る、見るなど

　　・社員「社長は　3時に　**おもどりに　なります。**」〔社長は　もどる〕

2. **お／ご〜する／いたす**　　お／ごAする／いたす　　A：動詞ます形

　　　　　　　　　　　　　　　　　　　　×する、来る、着る、見る、ねるなど

　　① ・学生「先生、おにもつを　**お持ちします。**」〔目上の　人の　ために　Aする〕

　　② ・これは　先生に　**お借りした**　じしょです。　〔先生の　じしょを　借りた〕

3. **れる・られる**　　A（ら）れる　　A：動詞受身形〔目上の　人が　Aする〕

　　・学生「これは、山田先生が　**書かれた**　本です。」〔山田先生が　書いた　本〕

4. **お〜ください**　　おAください　　A：動詞ます形

　　・**お待ちください。**＝待って　ください

5. **のだ**　　Aのだ／んだ　　A：普通形（な形容詞・名詞＋な）

　　・男「どうした**んですか。**」〔せつめいして　ください〕

　　　女「あたまが　いたい**んです。**」〔せつめいします〕

6. **のは／が／に／を**　　Aのは／が／に／を　　A：普通形（な形容詞＋な、~~名詞~~）

　　・友だちと　旅行を　する**の／こと**は　楽しい。

　　・トムさんは　料理を　する**の／こと**が　すきだ。

　　・ヤンさんが　先生と　話して　いる**の／~~こと~~**が　**見えます／聞こえます。**

　　・この　ナイフは　ケーキを　切る**の／~~こと~~**に　**使います／べんりです。**

　　・リンさんが　出かける**の／~~こと~~**を　　見た。

7. **こと**　　Aこと　　A：普通形（な形容詞・名詞~~だ~~な）

　　① ・わたしの　しゅみは　テニスを　する　~~の~~／**こと**です。

　　② ・キムさんは　ヤンさんが　休む　~~の~~／**こと**を　先生に　**つたえた／話した。**

ステップ16　解答

問題　(1)2　(2)1　(3)3　(4)1　(5)3　(6)1　(7)3　(8)1

ステップ16　成績　＿＿／8点

0				5			8点

0　　　　　　　　　　50　　　　70　　　　100％
　　　　　　　　　もう一息　　合格！
　　　　　　　　　ひといき　　ごうかく

103

総合問題1
そう ごう もん だい

問題Ⅰ　（　）に　入る　ことばを　1・2・3・4から　一つ　えらびなさい。

(1)　キムさんは　一日も　休まなかったので、先生（　　）　ほめられました。
　　1. は　　　　　　　2. に　　　　　　　3. が　　　　　　　4. を

(2)　へんな　音（　　）　する。何だろう。
　　　　　おと
　　1. が　　　　　　　2. は　　　　　　　3. を　　　　　　　4. で

(3)　あついから　まど（　　）　開けて　おきましょう。
　　　　　　　　　　　　　あ
　　1. に　　　　　　　2. を　　　　　　　3. が　　　　　　　4. で

(4)　この　カメラは　小さいので、旅行（　　）　べんりです。
　　　　　　　　　　　　　　　りょこう
　　1. が　　　　　　　2. に　　　　　　　3. は　　　　　　　4. で

(5)　つかれましたね。あの　店で　お茶（　　）　飲みませんか。
　　　　　　　　　　　　みせ　　ちゃ　　　　　　の
　　1. でも　　　　　　2. や　　　　　　　3. しか　　　　　　4. にも

(6)　ねつが　さがる（　　）　おふろに　入っては　いけません。
　　1. あいだ　　　　2. まで　　　　　　3. までに　　　　　4. より

(7)　A「どうした（　　）。」　B「さいふを　おとしたんだ。」
　　1. か　　　　　　　2. よ　　　　　　　3. の　　　　　　　4. な

(8)　ここは　けしきが　いい（　　）、空気も　きれいだ。
　　1. が　　　　　　　2. し　　　　　　　3. と　　　　　　　4. で

問題II （　）に　入る　ことばを　1・2・3・4から　一つ　えらびなさい。

(1) 英語は　世界の　いろいろな　国で　（　）　います。
　　1. 話させて　　　　2. 話して　　　　3. 話されて　　　4. 話せて

(2) あぶない。よく　前を　（　）。
　　1. 見ろ　　　　　2. 見れ　　　　　3. 見ない　　　　4. 見るな

(3) 国へ　帰ってからも、日本語の　勉強を　（　）と　思って　います。
　　1. つづける　　　2. つづけて　　　3. つづけよう　　4. つづけた

(4) あの　人は　この　学校の　（　）　ようです。
　　1. 学生の　　　　2. 学生だ　　　　3. 学生で　　　　4. 学生

(5) 味が　わからないので、ちょっと　（　）　みました。
　　1. 食べて　　　　2. 食べ　　　　　3. 食べる　　　　4. 食べた

(6) この　ワープロは　（　）方が　むずかしい。
　　1. 使う　　　　　2. 使い　　　　　3. 使って　　　　4. 使おう

(7) ゆうべ　（　）すぎて、今朝は　あたまが　いたい。
　　1. 飲んで　　　　2. 飲む　　　　　3. 飲み　　　　　4. 飲んだ

(8) 父は　ちょうど　今　帰った　（　）です。
　　1. あと　　　　　2. ところ　　　　3. だけ　　　　　4. とき

(9) となりの　へやで　歌の　れんしゅうを　して　いる（　）　聞こえる。
　　1. のを　　　　　2. のが　　　　　3. ことを　　　　4. ことが

(10) 友だちの　けっこんしきで、急に　スピーチを　（　　）、こまって　しまった。

1. して　　　　　　2. されて　　　　　　3. させて　　　　　　4. させられて

(11) あんな　つまらない　映画は　だれも　（　　）だろう。

1. 見たかった　　　2. 見たがる　　　　3. 見たがらない　　　4. 見たがって　いる

(12) 上田さんは　いつも　おもしろい　話を　して、みんなを　（　　）。

1. わらわせます　2. わらわれます　3. わらえます　　　4. わらわせられます

問題Ⅲ　（　　）に　入る　ことばを　1・2・3・4から　一つ　えらびなさい。

(1) A「あの　ケーキ、まだ　ある？」　B「もう　食べて（　　）よ。」

1. いた　　　　　　2. あった　　　　　3. しまった　　　　4. おいた

(2) A「山川さんは？」　B「今　こえが　聞こえたから、その　へんに　（　　）。」

1. いる　はずです　2. いた　でしょう　3. いる　そうです　4. いた　らしいです

(3) A「今日の　テスト、むずかしかったね。」

　　B「うん。でも、きのうの　テスト（　　）よ。」

1. ほどだ　　　　　　　　　　　　2. の　ほうだ

3. ぐらいでは　ない　　　　　　　4. ほどでは　ない

(4) A「もうすぐ　そつぎょうですね。そつぎょうしたら、どう　しますか。」

　　B「日本の　会社で　はたらく（　　）。」

1. ことに　なって　います　　　　2. ところです

3. ように　して　います　　　　　4. らしいと　思います

(5) A「犬が　ないて　いるね。」　B「だれか　（　　）ね。」

1. 来た　そうだ　2. 来た　ようだ　3. 来ると　思う　4. 来る　らしい

総合問題 2
そう ごう もん だい

問題I　（　　）に　入る　ことばを　1・2・3・4から　一つ　えらびなさい。

(1)　南の　しま（　　）、ときどき　さむい　日が　あります。

　　1. より　　　　　　2. まで　　　　　　3. でも　　　　　　4. だけ

(2)　わたしは　天ぷらは　食べますが、さしみ（　　）　食べません。

　　1. が　　　　　　　2. も　　　　　　　3. は　　　　　　　4. を

(3)　ああ、あつい。今日の　あつ（　　）は　ひどいね。
　　　　　　　　きょう

　　1. み　　　　　　　2. め　　　　　　　3. い　　　　　　　4. さ

(4)　来月から　料理の　学校へ　行く　こと（　　）　しました。
　　らいげつ　　りょうり

　　1. に　　　　　　　2. を　　　　　　　3. が　　　　　　　4. で

(5)　わたしは　小さいとき　いつも　親（　　）　こまらせる　悪い　子どもでした。
　　　　　　　　　　　　　　　　　おや　　　　　　　　　　　　わる

　　1. が　　　　　　　2. に　　　　　　　3. と　　　　　　　4. を

(6)　できるだけ　運動を　した　ほう（　　）　いいですよ。
　　　　　　　うんどう

　　1. は　　　　　　　2. で　　　　　　　3. が　　　　　　　4. を

(7)　じしょを　わすれたので、ともだち（　　）　借して　もらった。
　　　　　　　　　　　　　　　　　　　　　　　　か

　　1. に　　　　　　　2. が　　　　　　　3. は　　　　　　　4. を

(8)　兄の　カメラを　こわして　しまって、兄（　　）　しかられた。
　　あに

　　1. が　　　　　　　2. は　　　　　　　3. を　　　　　　　4. に

問題II　（　）に　入る　ことばを　1・2・3・4から　一つ　えらびなさい。

(1) 今週は　いそがしいから、（　）　休めない。

　1. 休んでも　　　　2. 休んで　　　　　　3. 休めても　　　4. 休みたくても

(2) つぎの　試験は　いつ　（　）、教えて　ください。

　1. あるか　　　　　2. ありますか　　　3. あるか　どうか　4. あるを

(3) この　仕事が　（　）　帰りましょう。

　1. 終わると　　　　2. 終わったら　　　3. 終わっても　　　4. 終わるなら

(4) そんな　むずかしい　仕事は、（　）　できないでしょう。

　1. だれか　　　　　2. だれが　　　　　3. だれに　　　　　4. だれにも

(5) わたしは　やくそくの　時間に　30分も　おくれて、トムさんを　（　）　しまった。

　1. おこらされて　　2. おこって　　　　3. おこらせて　　　4. おこられて

(6) きゃくは　何も　（　）　帰って　しまいました。

　1. 買って　　　　　2. 買うと　　　　　3. 買わなくて　　　4. 買わずに

(7) いくら　（　）　ふとらない　人も　います。

　1. 食べたら　　　　2. 食べれば　　　　3. 食べるが　　　　4. 食べても

(8) A「きみなら　できる。たのむよ。」

　　B「そう　（　）と、いやとは　言えないな。」

　1. 言える　　　　　2. 言わせる　　　　3. 言わせられる　　4. 言われる

(9) 山下さんの　おくさんは　やさしくて、とても　女（　）　人です。

　1. ような　　　　　2. のような　　　　3. そうな　　　　　4. らしい

(10) 土曜日は　店が　こむから、よやくを　して　（　　）　ください。

1. とって　　　　　2. いて　　　　　　3. あって　　　　　4. おいて

(11) となりの　へやで　男の　人の　こえが　（　　）。だれだろう。

1. なる　　　　　　2. する　　　　　　3. でる　　　　　　4. ある

(12) あの　人は　おこって　いる　（　　）です。こわい　かおを　して　います。

1. よう　　　　　　2. そう　　　　　　3. ばかり　　　　　4. つもり

(13) 日本へ　来てから　3か月に　なる。日本の　せいかつにも　だいぶ　（　　）。

1. なれて　いく　　2. なれて　いった　3. なれて　きた　　4. なれて　くる

(14) まいばん　できるだけ　早く　ねる　（　　）　して　います。

1. ことを　　　　　2. ように　　　　　3. のを　　　　　　4. つもりで

(15) わたしは　大山さんの　おくさんに　会った　（　　）が　あります。

1. とき　　　　　　2. ところ　　　　　3. もの　　　　　　4. こと

(16) ビルさんが　わたしの　英語の　作文を　なおして　（　　）。

1. くれました　　　2. あげました　　　3. もらいました　　4. やりました

(17) わたしより　山田さんの　（　　）　歌が　じょうずです。

1. ほうは　　　　　2. ことは　　　　　3. ことが　　　　　4. ほうが

問題III　（　　）に　入る　ことばを　1・2・3・4から　一つ　えらびなさい。

(1) A「こんな　仕事、やめたいよ」　B「（　　）、がんばって　ください」

1. そう　言えば　　　　　　　　　　2. どう　言っても

3. そんな　ことを　言わないで　　　4. こんな　ことを　言って

(2) A「すみません。ここに　車を　止めても　いいですか。」

　　B「（　　）。でも、長い　時間は　だめです。」

　　1. ええ、かまいません　　　　　　　2. いいえ、止めては　いけません

　　3. それは　こまります　　　　　　　4. 止めないで　ください

(3) A「コーヒー、もっと　いかがですか。」　　B「いいえ、（　　）」

　　1. よろこんで　いただきます　　　　　2. まだ　いただきません

　　3. 飲ませて　いただきます　　　　　　4. もう　じゅうぶん　いただきました

(4) A「きのうから　ねつが　あるんですが。」

　　B「それは　いけませんね。病院へ　行ったら、（　　）。」

　　1. どうしますか　　2. どうしてですか　　3. どうですか　　　4. どうやりますか

(5) A「あそこで　川田先生と　話して　いる　方を　ごぞんじですか。」

　　B「いいえ、（　　）。」

　　1. ごぞんじでは　ありません　　　　　2. ぞんじて　います

　　3. しりません　　　　　　　　　　　　4. ぞんじて　いません

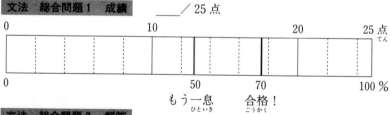

文法　総合問題1　解答

問題Ⅰ［1点×8問］(1) 2　(2) 1　(3) 2　(4) 2　(5) 1　(6) 2　(7) 3　(8) 2

問題Ⅱ［1点×12問］(1) 3　(2) 1　(3) 3　(4) 1　(5) 1　(6) 2　(7) 3　(8) 2　(9) 2　(10) 4　(11) 3　(12) 1

問題Ⅲ［1点×5問］(1) 3　(2) 1　(3) 4　(4) 1　(5) 2

文法　総合問題1　成績　　＿＿＿／25点

| 0 | | | | 10 | | | | 20 | | 25点
てん |

| 0 | | 50 | 70 | 100 % |

もう一息　　合格！

文法　総合問題2　解答

問題Ⅰ［1点×8問］(1) 3　(2) 3　(3) 4　(4) 1　(5) 4　(6) 3　(7) 1　(8) 4

問題Ⅱ［1点×17問］(1) 4　(2) 1　(3) 2　(4) 4　(5) 3　(6) 4　(7) 4　(8) 4　(9) 4　(10) 4　(11) 2

(12) 1　(13) 3　(14) 2　(15) 4　(16) 1　(17) 4　**問題Ⅲ**［1点×5問］(1) 3　(2) 1　(3) 4　(4) 3　(5) 3

文法　総合問題2　成績　　＿＿＿／30点

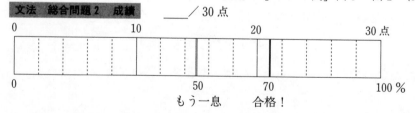

| 0 | | 10 | | 20 | | 30点 |

| 0 | | 50 | 70 | 100 % |

もう一息　　合格！

読　解

ステップ1《どうして》

といてみよう

れいだい） つぎの　文を　読んで、質問に　答えなさい。答えは、1・2・3・4から
　　　　　　いちばん　いい　ものを　一つ　えらびなさい。

　　服を　えらんで　いる　ときは　とても　楽しい。あの　服が　いいかな、この　服が
いいかなと、いろいろ　着て　みて、どれが　いいか　考えるのが　楽しい。そうして
いちばん　いいと　思った　服を　買う。しかし、買った　あとで　少し　つまらなく
なる。楽しい　時間が　長く　なるように、わたしは　ゆっくり　買い物を　する。

【質問】　どうして　「少し　つまらなく　なる」のですか。

　1. 楽しい　時間が　終わって　しまったから。
　2. いい　服が　ほかに　ないから。
　3. どれが　いいか　よく　わからないから。
　4. ほかの　服が　もう　買えないから。

「どうして」という 質問は、理由を きいて います。その 答えは、文の 中に
かならず 書いて ありますから、それを 見つける ことが 大切です。

　特に、＿＿＿（下線）が ある 質問は、その ぶぶんの 「ことば」の 意味や
使い方に 注意して ください。

とき方・答え

　では、「れいだい」の 文を 見て みましょう。

■【質問】＝ どうして 「少し つまらなく なる」のですか。

「つまらなく なる」

　　　→ 反対の 意味の 「ことば」は？

　　　・服を えらんで いる ときは とても 楽しい。

　　　・～、どれが いいか 考えるのが 楽しい。

　　　・楽しい 時間が 長く なるように、～。

「少し つまらなく なる」のは、「服を 買った あと」

　　だから、

　　　→「服を えらぶ 楽しい 時間が 終わって しまったから」

　　　少し つまらなく なる。

質問の 1～4を 見ると……、

　1. 楽しい 時間が 終わって しまったから。　　　　○

　2. いい 服が ほかに ないから　　　　　　　　×（文の 中に ない）

　3. どれが いいか よく わからないから。　　　×（文の 中に ない）

　4. ほかの 服が もう 買えないから。　　　　　×（文の 中に ない）

　　　　　　　　　　　　　　……ですから、答えは　1　です。

チャレンジ問題

問題Ⅰ　つぎの　文を　読んで、質問に　答えなさい。答えは、1・2・3・4から
　　　いちばん　いい　ものを　一つ　えらびなさい。

　あつい。この　あつさは　ふつうでは　ない。まだ　4月なのに、今日は　28度も
あった。天気よほうに　よると、あしたは　30度に　なる　そうだ。みんな　もう
夏の　洋服を　着て　いる。このまま　どんどん　あつく　なったら、今年の　夏は
どう　なるだろう。しんぱいだ。

【質問】　どうして　「しんぱい」ですか。

　1. まだ　4月　なのに　いつもの　年より　あつすぎるから。

　2. 今日の　ほうが　あしたより　あつくなさそうだから。

　3. 今は　あついけれど、夏は　どう　なるか　わからないから。

　4. 今年の　夏も　ひどく　あつく　なりそうだから。

タスク　（　　）に　てきとうな　ことばや　数字を　入れて　ください。

　●何が　「しんぱい」ですか？

　　→　今年の　（　　　）の　（　　　）が　しんぱいです。

　●それは　どうして　ですか？

　　→　まだ　（　　　）なのに、（　　　）は　（　　　）度、（　　　）は、

　　　（　　　）度に　なりそうだからです。

問題Ⅱ つぎの 文を 読んで、質問に 答えなさい。答えは、1・2・3・4から
いちばん いい ものを 一つ えらびなさい。

　　わたしは 子どもの とき ぎゅうにゅうが きらいで、ぜんぜん 飲まなかった。
しかし、中学に 入って から、飲むように なった。それは、「ぎゅうにゅうを 飲むと、
せが 高く なる」と 本に 書いて あったからだ。はじめは 飲むのが とても
いやだった。けれども、だんだん ぎゅうにゅうの おいしさが わかるように なった。
今は、毎日 たくさん 飲んで いる。せが 高くなりたいから 飲んで いるのでは
ない。ぎゅうにゅうは ほんとうに おいしいと 思うからだ。

【質問】 この 人は どうして ぎゅうにゅうを 飲みはじめたのですか。

　1. ぎゅうにゅうの おいしさが わかるように なったから。

　2. 中学に 入ったから。

　3. せが 高く なりたかったから。

　4. ぎゅうにゅうは ほんとうに おいしいと 思うから。

　タスク （　　）に てきとうな ことばを 入れて ください。

　●いつ から 「ぎゅうにゅう」を 飲むように なりましたか？

　　→ （　　）に （　　）からです。

　●それは どうして ですか？

　　→ 「（　　）を （　　）と （　　）が （　　）（　　）」と

　　　（　　）に （　　）て あったからです。

ステップ2《（　　　）に 入る もの》

れいだい）　つぎの　文を　読んで、質問に　答えなさい。答えは、1・2・3・4から
　　　いちばん　いい　ものを　一つ　えらびなさい。

　　たばこは　体に　よくないと　言われて　います。（ア）、たばこが　すきな　人の
中には、たばこを　やめようと　思わない　人も　多いようです。そういう　人に
たばこを　やめさせるのは　（イ）　ことでは　ありません。たばこを　すうのも
すわないのも　その　人が　（ウ）　こと　ですから、まわりの　人が　すわない
ほうが　いいと　いくら　言っても　だめでしょう。いちばん　（エ）、その　人の
考え方だと　わたしは　思います。

【質問】　（ア）～（エ）には　何が　入りますか。

　　（ア）1. だから　　　　2. けれども　　　　3. それから　　　　4. そして

　　（イ）1. よくない　　　2. できない　　　　3. むずかしい　　　4. やさしい

　　（ウ）1. きめる　　　　2. やめる　　　　　3. 言う　　　　　　4. 思う

　　（エ）1. きらいなのは　2. わるいのは　　　3. 大切なのは　　　4. かんたんなのは

「（　　）に　入るもの」を　えらぶ　質問は、前後の　ことばの　関係に　気を
つける　ことが　大切です。まず、前に　ある　ことばや　文を　よく　見て、つぎに
後ろに　ある　ことばとの　関係を　考えると、答えが　わかります。

とき方・答え

では、「れいだい」の　文を　見て　みましょう。

■（ア）の前後：

前：たばこは　体に　よくないと　言われて　います。

後：たばこが　すきな　人の　中には、たばこを　やめようと　思わない　人も　多い
　　ようです。

→前≠後　　　　　　　　　　　　　　……ですから、答えは　**2**（けれども）　です。

■（イ）の前後：

前：そういう　人に　たばこを　やめさせるのは

後：ことでは　ありません。

→そういう　人（＝たばこを　やめようと　思わない人）に　たばこを
　やめさせるのは…？

後ろに「ありません」が　あるから　　　　　……　答えは　**4**（やさしい）　です。

■（ウ）の前後：

前：たばこを　すうのも　すわないのも　その　人が

後：こと　ですから、まわりの　人が　すわない　ほうが　いいと　いくら　言っても
　　だめでしょう。

→「その　人が」　「たばこを　すう」か　「すわない」かを　どうする？

　　　　　　　　　　　　　　……ですから、答えは　**1**（きめる）　です。

■（エ）の前後：

前：いちばん

後：その　人の　考え方だと　わたしは　思います。

→「その　人の　考え方」が　「いちばん」どう？

　　　　　　　　　　　　　　……ですから、答えは　**3**（大切なのは）　です。

問題 I　つぎの　文を　読んで、質問に　答えなさい。答えは、1・2・3・4から
　　　　いちばん　いい　ものを　一つ　えらびなさい。

　　大きい　病院には　新しい　きかいも　あるし、お医者さんも　たくさん　います。
（　ア　）、ふべんな　ことも　あります。それは、毎日　人が　たくさん　来るので、
いつも　こんで　いて、早く　みて　（　イ　）と　いう　ことです。だから、会社を
休んで　病院へ　行く　人も　います。かぜなどの　（　ウ　）　病気だったら、家の
そばの　（　エ　）　病院へ　行く　ほうが　いいと　思います。

【質問】　（ア）～（エ）には　何が　入りますか。

　（ア）1. そして　　　　　2. しかし　　　　　3. それから　　　　4. それに

　（イ）1. あげない　　　　2. もらわない　　　3. やらない　　　　4. くれない

　（ウ）1. かるい　　　　　2. おもい　　　　　3. うすい　　　　　4. よわい

　（エ）1. 近い　　　　　　2. 大きい　　　　　3. 小さい　　　　　4. 新しい

タスク　（　　）に　てきとうな　ことばを　入れて　ください。

　●😊：大きな　病院には　（　　　）　（　　　）も　あるし、（　　　）も
　　　　　　（　　　）　います。

　　😟：（　ア　）、（　　　）　ことも　あります。

　●いつも　こんで　いて、早く　みて　（　イ　）と　いうことです。

　　→　「早く　みて　（　イ　）」のは　だれ？　＝　（　　　）

　●「かぜ」　＝　（　　　）　病気

　●「家の　（　　　）の　（　エ　）　病院」　≠　（　　　）　病院

問題 II　つぎの　文を　読んで、質問に　答えなさい。答えは、1・2・3・4から
　　　　いちばん　いい　ものを　一つ　えらびなさい。

「おもしろい　仕事が　したい」「自分に　あう　仕事、　自分にしか　できない
仕事が　したい」と　言う　わかい　女の　人が　ふえて　いるそうだ。（　ア　）、そんな
仕事が　かんたんに　見つかる　はずが　ない。はたらいて　お金を　（　イ　）のは、
たいへんな　ことだ。だから、（　ウ　）仕事でも、いっしょうけんめいに　する。
そして、（　エ　）は　会社　以外の　ところで　見つければ　いいと、わたしは
思って　いる。

【質問】　（ア）～（エ）には　何が　入りますか。

　（ア）1．だから　　　　　2．そして　　　　　3．それなのに　　　　4．しかし

　（イ）1．あげる　　　　　2．もらう　　　　　3．くれる　　　　　　4．くださる

　（ウ）1．つまらない　　　2．おもしろい　　　3．楽な　　　　　　　4．楽しい

　（エ）1．仕事　　　　　　2．楽しみ　　　　　3．わかい　女の　人　4．お金

タスク　（　　）に　てきとうな　ことばを　入れて　ください。
　●……と　言う　わかい　女の　人が　（　　　）て　いるそうだ。（　ア　）、そんな
　　仕事が　（　　　）に　見つかる　（　　　）が　ない。
　●はたらいて　（　　　）を　（　イ　）のは、（　　　）　ことだ。
　●（　　　）、（　ウ　）仕事でも、（　　　）に　する。
　●そして、（　エ　）は　会社　（　　　）の　ところで　（　　　）いい。

問題III　つぎの　文を　読んで、質問に　答えなさい。答えは、1・2・3・4から
　　　　いちばん　いい　ものを　一つ　えらびなさい。

　旅行は　楽しい。知らない　町で　知らない　人と　話を　するのは、旅行の
楽しみの　一つだ。旅行会社が　じゅんびした　旅行は　はやいし、それに　べんりだ。
しかし、わたしは、自分で　けいかくして、その　町の　人に　いろいろな　ことを
聞きながら　旅行を　するのが　すきだ。どんなに　時間が　かかっても、こまる
ことが　あっても、自分で　けいかくして　旅行する　ほうが　ずっと　（　　　　）。

【質問】（　　）に　入る　ものは　どれが　いちばん　いいですか。
　　1. たいへんだろう　　　　　　　　　　2. よろこんで　いる
　　3. つかれる　はずだ　　　　　　　　　4. おもしろいと　思う

タスク　（　　）に　てきとうな　ことばを　入れて　ください。
●旅行は　（　　　　　）。
●（　　　）　町で　（　　　）　人と　（　　　　）を　するのは、旅行の
　（　　　　）の　一つだ。
●わたしは、（　　　）で　（　　　）て、その　町の　人に　いろいろな　ことを
　（　　　）ながら　旅行を　するのが　（　　　）だ。

問題IV　つぎの　文を　読んで、質問に　答えなさい。答えは、1・2・3・4から
　　　　いちばん　いい　ものを　一つ　えらびなさい。

　「まだ　わかい」と　思って　いたが、来月　60さいに　なる。会社も　やめる
ことに　なって　いる。やめたら、何を　すれば　いいかと　考えて　いると、友だちが
何でも　（　ア　）と　言った。友だちの　お母さんは　今　85さいだが、
5年前に　目が　悪く　なって　しまった　そうだ。大きい　ものは　少し　見えるが、
こまかい　ものは　ぜんぜん　見えない。（　イ　）、友だちは　お母さんに　いっしょに
住もうと　言ったが、お母さんは　一人で　だいじょうぶだと　言って、いっしょに
住みたがらない。そして、今まで　えを　かいた　ことが　ないから　ぜひ

（　ウ　）と　言って、えを　ならいに　行きはじめた。目が　悪いのに、えが
かけるかと、みんなは　しんぱいした。しかし、お母さんが　かいた　えは　明るくて、
とても　いい　えだった。いつも　先生に　（　エ　）、えを　かくのが　どんどん
すきに　なって、えが　じょうずに　なった。お母さんは　今が　いちばん　楽しいと
言って　いる　そうだ。この　話を　聞いて、わたしも　「（　オ　）」と　思わない
ように　しようと　思った。これから　新しい　せいかつを　十分　楽しむ　つもりだ。

【質問】　（ア）～（オ）には　何が　入りますか。

（ア）1. できない　　　　2. できる　　　　　　3. した　　　　　　4. した

（イ）1. それから　　　　2. それに　　　　　　3. それで　　　　　4. それでは

（ウ）1. えは　かきたくない　　　　　　2. えが　かけないかも　しれない

　　　3. えを　かいて　みたい　　　　　4. えを　かいて　ほしい

（エ）1. よろこんで　　2. つれられて　　3. たのまれて　　4. ほめられて

（オ）1. もう　わかくない　　　　　　　2. まだ　わかい

　　　3. 会社を　やめよう　　　　　　　4. 何を　すれば　いいか

タスク　（　　）に　てきとうな　ことばを　入れて　ください。

●やめたら、（　　　）を　（　　　）ば　（　　　）かと　考えて　いると、
　友だちが　何でも　（　ア　）と　言った。

●友だちの　お母さんは　5年前に　（　　　）が　（　　　）　なって　しまった。
　（　イ　）、友だちは　お母さんに　（　　　）に　住もうと　言った。

●今まで　えを　かいた　ことが　（　　　）から　（　　　）（　ウ　）と　言った。

●いつも　（　　　）に　（　エ　）、えを　かくのが　（　　　）（　　　）に
　なって、えが　（　　　）に　なった。

●（　　　）も　「（　オ　）」と　（　　　）ように　しようと　思った。

読解

ステップ3《正しい もの》

といてみよう

れいだい) つぎの 文を 読んで、質問に 答えなさい。答えは、
　　1・2・3・4から いちばん いい ものを 一つ えらびなさい。

　先週 はいしゃに 行った。よやくを しないで 行ったら、1時間以上も
待たされた。今日も また 行ったが、電話で よやくを して おいたのに、40分も
待たなければ ならなかった。よやくは 何の ために あるのかと 思った。

【質問】 正しい ものは どれですか。

　1. よやくを しても、待たされる。

　2. よやくを すれば、待たされない。

　3. よやくを しなければ、待たされない。

　4. よやくを すれば、待たなければならない

「正しい もの」を えらぶ 質問は、まず、それが 文の 中に 書いて あるか
どうかを、よく 見ます。正しくても、書いて ない ものは、正しい 答えでは
ありません。文の 中の ことばと 「質問」の 文の 中の ことばを くらべて
みましょう。

とき方・答え

では、「れいだい」の 文を 見て みましょう。

先週 はいしゃに 行った。よやくを しないで 行ったら、1時間以上も
待たされた。今日も また 行ったが、電話で よやくを して おいたのに、40分も
待たなければ ならなかった。よやくは 何の ために あるのかと 思った。

1. よやくを しても、待たされる。　　　　　　　○

2. よやくを すれば、待たされない。　　　　　　× (「待たされない」が×)

3. よやくを しなければ、待たされない。　　　　× (「しなければ」が×)

4. よやくを すれば、待たなければならない。　　× (「すれば」が×)

　　　　　　　　　　　　　……ですから、答えは　1　です。

問題I　つぎの　文を　読んで、質問に　答えなさい。答えは、1・2・3・4から
　　　いちばん　いい　ものを　一つ　えらびなさい。

　　今日は　金子くんの　たんじょうびだった。金子くんは　山下さんから　プレゼントに
セーターを　もらった。金子くんは　山下さんの　前では　うれしそうな　かおを　して
いたけれど、かのじょと　別れてから　わたしに　言った。「これ、ほしいなら　きみに
あげるよ。同じような　セーターを　きのう　もらったんだ。2まいも　いらないから。」

【質問】　正しい　ものは　どれですか。
　1. 山下さんは　金子くんに　セーターを　2まい　あげた。
　2. 金子くんは　今日　セーターを　もらって、とても　よろこんだ。
　3. 金子くんは　プレゼントに　セーターを　2まい　もらった。
　4. わたしは　セーターを　もらって　うれしかった。

タスク　（　　）に　てきとうな　ことばを　入れて　ください。
●（　　）は　（　　）から　（　　）に　（　　）を　もらった。
●（　　）は　（　　）の　前では　（　　）な　かおを　して　いた（　　）、
　（　　）と　（　　）てから　わたしに　言った。
●「きみに　あげるよ。（　　）な　（　　）を　きのう　（　　）んだ。
　（　　）も　（　　）から。」

問題 II つぎの　文を　読んで、質問に　答えなさい。答えは、1・2・3・4から
　　　　いちばん　いい　ものを　一つ　えらびなさい。

　「わたり鳥」は、毎年　同じ　きせつに、住む　ばしょを　かえる　鳥です。どうして
わたり鳥は　場所を　かえるのでしょうか。

　それは　まだ　はっきり　わかって　いませんが、食べ物が　少なく　なると
食べ物が　たくさん　ある　ところへ　うつらなければ　ならないし、さむさに　よわい
鳥は　冬に　なると　あたたかい　ところへ　うつる　ひつようが　あるからでしょう。
今の　きせつは、きびしい　さむさに　よわい鳥が　日本へ　とんで　きて、春を
待って　います。

【質問】　正しい　ものは　どれですか。

1.　今　日本に　いる　わたり鳥は、食べ物が　少なく　なった　ところへ　来ました。

2.　今　日本に、さむさが　きびしい　ところから　わたり鳥が　来て　います。

3.　今　日本に　いる　わたり鳥は、あたたかい　ところから　来ました。

4.　今　日本は　食べ物が　少ないので、わたり鳥が　春を　待って　います。

タスク　（　　）に　てきとうな　ことばを　入れて　ください。

● 「（　　　）」は、毎年　（　　　）　きせつに、住む　ばしょを　（　　　）　鳥。

● （　　）が　（　　）　（　　）と　（　　）が　（　　）　ある　ところへ
　（　　）　ならない。

● （　　）に　（　　）　鳥は　冬に　なると　（　　）　ところへ　（　　）。

● （　　）の　きせつは、きびしい　（　　　）に　（　　　）　鳥が　日本へ
　（　　）きて、（　　　）を　（　　　）て　います。

問題III つぎの 文を 読んで、質問に 答えなさい。答えは、1・2・3・4から
　　　　 いちばん いい ものを 一つ えらびなさい。

　さいきん わたしの 家の 近くに ビデオを 貸す 店が 新しく できた。
きれいな 店だ。ねだんも 安い。1本 350円で 1週間 借りる ことが できる。
それに 一度に 5本 借りられる。前から ある 店へ 行く 人は 少なくなった。
そのため、前から ある 店は 1本 一日 100円に した。二日 借りると 200円、
1週間だと 700円に なる。すると、ほとんどの きゃくは 前から ある 店の
ほうへ 行くように なった。一日で かえせば 100円で すむからだ。少しでも
安い ほうが いいと 考える 人が 多いのだろう。

【質問】 正しい ものは どれですか。

　1. 三日 借りると 新しい 店の ほうが 古い 店より 安い。

　2. 1週間 借りると 古い 店の ほうが 新しい 店より 安い。

　3. 今は 新しい 店の ほうが きゃくが 多い。

　4. 今は 古い 店の ほうが きゃくが 多い。

　タスク 　（　　）に てきとうな 数字や ことばを 入れて ください。
●　　　　　　　　　　　　　1本 いくら？　　　　何日間／何週間？　　一度に 何本 借りられる？
_____
　さいきん できた 店　　（　　　）円　　　　（　　）　　　　　　（　　）本
　前から ある 店　　　　（　　　）円　　　　（　　）　　　　　　　――
_____

●（　　）　ある 店は 1本 （　　　）（　　　）円に した。（　　　　）
　かりると 200円、（　　　）だと 700円に なる。

●すると、（　　　）の （　　　）は （　　　）　ある 店の ほうへ
　（　　　）　なった。

問題Ⅳ　つぎの　文を　読んで、質問に　答えなさい。答えは、1・2・3・4から
　　　　いちばん　いい　ものを　一つ　えらびなさい。

　　先週の　日本語の　じゅぎょうの　とき、キムさんが　「わたしは　料理を　作るのが
すきです。先生の　おたんじょうびに　料理を　作ります。」と　言った。すると、
先生が「わたしの　たんじょうびは　今週の　土曜日です。」と　おっしゃった。キムさんは、
「ほんとうですか。じゃあ、土曜日の　お昼に　先生の　おたくで　パーティーを
しませんか。料理は、わたしが　前の　ばんに　作って　持って　いきましょう。みなさんは
飲み物を　持って　きて　ください。」と　言った。キムさんの　料理は　もちろん
楽しみだが、日本の　方の　家に　行くのは　はじめてなので　とても　うれしい。

【質問】　正しい　ものは　どれですか。
　1. キムさんは　金曜日の　夜に　料理を　作る　つもりだ。
　2. キムさんは　土曜日に　先生の　おたくで　料理を　作る。
　3. キムさんは、はじめて　日本人の　家へ　行くのが　うれしい。
　4. キムさんは、先生の　たんじょうびが　いつか、前から　知っていた。

タスク　（　　）に　てきとうな　ことばを　入れて　ください。
●すると、先生が「わたしの　（　　　）は　（　　　）の　（　　　）です。」と
　おっしゃった。
●キムさんは、　「（　　　）。じゃあ、（　　　）の　（　　　）に　先生の
　（　　　）で　（　　　）を　しませんか。（　　　）は、わたしが　（　　　）の
　（　　　）に　作って　持って　いきましょう。…」と　言った。
●キムさんの　料理は　（　　　）（　　　）だが、日本人の　家に　行くのは
　（　　　）なので　とても　（　　　）。　　→　だれが？＝（　　　）

問題V　つぎの　文を　読んで、質問に　答えなさい。答えは、1・2・3・4から
　　　いちばん　いい　ものを　一つ　えらびなさい。

A「すみません。はが　いたいんですが、すぐ　みて　いただけませんか。」
B「よやくが　ないと　むずかしいですね。」
A「急に　いたく　なったんです。この間　先生は、いたくなったら　いつでも
　　来て　くださいと　おっしゃったんですが。」
B「では、よやくの　さいごの　方が　すむまで　待って　いただけますか。」
A「はい、わかりました。」

【質問】　正しい　ものは　どれですか。
　1. Aさんは　よやくを　して　いないので、みて　もらえない。
　2. Aさんは　よやくを　して　いないが、みて　もらえる。
　3. Aさんは　よやくを　して　いたが、時間を　まちがえた。
　4. Aさんは　よやくを　して　いたが、待たなければ　ならない。

タスク　（　　　）に　てきとうな　ことばを　入れて　ください。
　●B「（　　　）が　（　　　）と　（　　　）ですね。」
　●A「この間　先生は、（　　　）なったら　（　　）（　　）て　くださいと
　　　（　　　）んですが。」
　●B「（　　　）、（　　）の　（　　　）の　方が　（　　　）まで　（　　　）て
　　　いただけますか。」

問題Ⅵ　つぎの　文を　読んで、質問に　答えなさい。答えは、1・2・3・4から
　　いちばん　いい　ものを　一つ　えらびなさい。

　雨や　ゆきは　どうやって　できるのでしょうか。空に　大きな　いけの　ような
ところが　あるのでは　ありません。その　もとに　なるのは　空気なのです。
　空気は　あたたかく　なると　かるく　なって、上の　ほうへ　上がって　いきます。
空の　高い　ところで、その　空気が　ひやされると、空気の　中に　あった　小さな
水が　集まって、また　下へ　おちて　きます。これが　雨や　ゆきなのです。

【質問】　上の　文と　あわない　ものは　どれですか。
　1. あたたかい　空気は　上に　あがる。
　2. 空の　高い　ところは　さむい。
　3. あたたかい　空気は　かるくない。
　4. 雨は　空の　高い　ところで　できる。

タスク　（　　　）に　てきとうな　ことばを　入れて　ください。
● （　　　）や　（　　　）の　もとに　なるのは　（　　　）です。
● （　　　）は　（　　　）なると　（　　　）なって、（　　　）の　ほうへ
　（　　　）て　いきます。
● （　　　）の　（　　　）ところで、その　（　　　）が　（　　　）と、
　（　　　）の　中に　あった　（　　　）（　　　）が　（　　　）て、また
　（　　　）へ　（　　　）て　きます。

ステップ4《2つ以上の 質問》

といてみよう

れいだい) つぎの 文を 読んで、質問に 答えなさい。答えは、1・2・3・4から
いちばん いい ものを 一つ えらびなさい。

　電話は べんりだ。特に 小さくて ポケットや かばんに 入れて 運べる 電話は
べんりだ。仕事で 使う 人だけでは なく、大学生や 高校生も 持って いる。
しかし、電車の 中や 教室で ベルの 音に おどろかされるのは こまった
ことだ。それに、一人なのに こえを 出して わらいながら 歩いて くる 人を
見ると 気持ちが 悪い。手に 電話を 持って いるのが わかると (1)安心する。

　前は、出かけようと する ときに 電話が なると、電話に 出ようか どう
しようかと 考えた。もし わたしが 電話に 出なければ、かけた 人は わたしが
るすだと 思うのが ふつうだった。ところが、今は 電話を かける 人は わたしが
家に いるか いないかを 考える ことは ない。いつでも どこでも わたしが 電話に
出られるだろうと 思って いる。そして、わたしが 電話に 出ると、「今、どこ」と
聞く。わたしたちは (2)電話から にげられなく なった。

【質問1】 　(1)「安心する」のは どうして ですか。

　1. みんなが 電話を 持って いる ことが わかるから。

　2. 用事が あれば、いつでも、どこでも れんらくできるから。

　3. こわい ことが あっても、すぐに けいさつに 電話できるから。

　4. 電話で 話しながら わらって いる ことが わかるから。

【質問2】 　(2)「電話から にげられなく なった」のは どうして ですか。

　1. いつでも どこでも 電話が かかって くるように なったから。

　2. 電話が なければ 仕事も 勉強も できないから。

　3. 電話を いつも 持って いないと 安心できないから。

　4. 電話を かければ、いつでも どこに いるかが すぐ わかるから。

「2つ以上の　質問」でも、今までの　ステップでの　練習が、役に　立ちます。

特に、

　　・文の　中に　書いて　あるか　どうかを　よく　見る。

　　・前後の　ことばの　関係に　注意する。

こうすれば、答えを　見つけるのは、あまり　むずかしく　ありません。

とき方・答え

　では、「れいだい」の　文を　見て　みましょう。

　「どうして」という　質問は、理由を　きいています。その　答えは、文の　中に

かならず　ありますから、それを　見つけることが　大切です。

　特に、＿＿＿（下線）が　ある　質問は、その　ぶぶんの　「ことば」の　意味や

使い方に　注意します。

■【質問1】＝「どうして」の　質問

　　　　　　　→　その　部分の　「ことば」の　意味や　使い方に　注意

1. みんなが　電話を　持って　いる　ことが　わかるから。

2. 用事が　あれば、いつでも、どこでも　れんらくできるから。

3. こわい　ことが　あっても、すぐに　けいさつに　電話できるから。

4. 電話で　話しながら　わらって　いる　ことが　わかるから。

　　　　　　　　　　　　　　　　　　　　　……答えは　**4**　です。

■【質問2】＝「どうして」の　質問

　　　　　　　→　その　部分の　「ことば」の　意味や　使い方に　注意

1. いつでも　どこでも　電話が　かかって　くるように　なったから。

2. 電話が　なければ　仕事も　勉強も　できないから。

3. 電話を　持って　いつも　いないと　安心できないから。

4. 電話を　かければ、いつでも　どこに　いるかが　すぐ　わかるから。

　　　　　　　　　　　　　　　　　　　　　……答えは　**1**　です。

問題I　つぎの　文を　読んで、質問に　答えなさい。答えは、1・2・3・4から
　　　いちばん　いい　ものを　一つ　えらびなさい。

　　中山先生、お元気　ですか。わたしは　今　北海道に　来て　います。ここは　とても
広いので　びっくりしました。道は　まっすぐ　どこまでも　つづいて　います。
空の　色も　とても　青くて、とおい　山も　きれいに　見えます。先生が
いらっしゃった　ことが　ある　みずうみにも　行きました。みずうみは　空の　色に
まけない　くらい　青い　色でした。あしたは　先生が　よさそうだと　おっしゃった
しまへ　行きます。おいしい　魚が　食べられるそうなので、（　　　　　）。

【質問1】　中山先生が　行った　ところは　どこですか。

　1. しま　　　　　2. みずうみ　　　　3. 山と　みずうみ　　4. みずうみと　しま

【質問2】　（　　）に　入る　文は　どれですか。

1. うれしかったです　　　　　　　　2. おいしそうです

3. 楽しみです　　　　　　　　　　　4. 楽しいです

タスク　（　　）に　てきとうな　ことばを　入れて　ください。

　●わたしは　今　（　　　　）に　来て　います。

　●（　　　　）が　いらっしゃったことが　ある　（　　　　）にも　行きました。

　●あしたは　（　　　　）が　（　　　　）と　おっしゃった　（　　　　）へ　行きます。

　●（　　　　）魚が　（　　　　）そうなので、……

問題II つぎの 文を 読んで、質問に 答えなさい。答えは、1・2・3・4から
　　　いちばん いい ものを 一つ えらびなさい。

　今 バナナは そんなに 高くない。しかし、むかし わたしが 子どもの とき、
バナナは たまにしか 食べられない くだものだった。弟が 病気で ねつが
高かった とき、母は 弟に バナナを 買って 食べさせた。弟は すぐに 元気に
なった。わたしも 弟の ように 病気に なりたい、病気に なれば いいと 思った。

【質問1】 正しいものは どれですか。
　1. むかしは バナナが とても 高かった。
　2. わたしは、弟が 病気の とき バナナを 食べた。
　3. むかしは バナナが ぜんぜん 食べられなかった。
　4. わたしは、こどもの とき バナナが すきでは なかった。

【質問2】 「病気に なりたい」と 思ったのは、なぜですか。
　1. 弟が 病気に なったから。　　　　　2. 弟が すぐに 元気に なったから。
　3. バナナを 買おうと 思ったから。　　4. バナナが 食べたかったから。

タスク （　　）に てきとうな ことばを 入れて ください。
● （　　） バナナは （　　） 高く （　　）。（　　）、（　　） わたしが
　（　　）の とき、バナナは （　　）しか 食べ （　　） くだものだった。
● （　　）が （　　）で （　　）が 高かった とき、母は （　　）に
　（　　）を 買って 食べさせた。
● （　　）も （　　）の ように （　　）に なりたい、（　　）に なれば
　（　　）と 思った。

ステップ1

問題Ⅰ 1 **問題Ⅱ** 3

ステップ2

問題Ⅰ （ア）2 （イ）4 （ウ）1 （エ）3

問題Ⅱ （ア）4 （イ）2 （ウ）1 （エ）2

問題Ⅲ 4

問題Ⅳ （ア）2 （イ）3 （ウ）3 （エ）4 （オ）1

ステップ3

問題Ⅰ 3 **問題Ⅱ** 2 **問題Ⅲ** 4 **問題Ⅳ** 1 **問題Ⅴ** 2 **問題Ⅵ** 3

ステップ4

問題Ⅰ 【質問1】2 【質問2】3 **問題Ⅱ** 【質問1】1 【質問2】4

＿＿／26 点

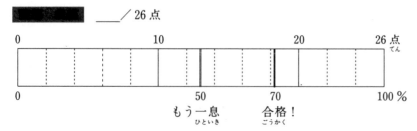

もう一息　　　合格！
ひといき　　　ごうかく

総合問題
そう ごう もん だい

問題Ⅰ　つぎの　(1)から　(7)の　文を　読んで、質問に　答えなさい。答えは、
　1・2・3・4から　いちばん　いい　ものを　一つ　えらびなさい。

(1)

　「りんごと　みかんと　どちらが　すきですか。」　わたしは　この　質問に
答えられない。りんごも　すきだし、みかんも　すきだ。でも、りゆうは　それだけでは
ない。りんごが　食べたい　ときも　あるし、みかんが　食べたい　ときも　ある。
たとえば、つかれた　とき　みかんが　食べたいと　思う。その　ときは、りんごでは
だめだ。秋に　なると、りんごが　食べたいなあと　思う。この　とき　みかんを
食べても　あまり　おいしくない。

【質問】　どうして　「わたしは　この　質問に　答えられない」の　ですか。
　1. どちらが　すきか　よく　わからないから。
　2. りんごと　みかんは　食べたい　ときが　ちがうから。
　3. 秋に　なると　りんごも　みかんも　おいしくないから。
　4. りんごと　みかんを　りょうほう　食べたいと　思う　ときが　あるから。

(2)

　みなさんは　図書館を　りようして　いますか。みなさんが　住んで　いる　ところの
近くに　かならず　図書館が　ある　はずです。さいきんの　図書館には　本だけでは
なく、ビデオや　CDなども　あります。(ア)　ざっしや　新聞や　じしょも
あります。図書館の　中は　いつも　本を　読むのに　ちょうど　いい　おんどに
なって　います。夏は　すずしいし、冬は　あたたかいです。図書館の　本を　読む
人だけでなく、勉強を　して　いる　学生も　おおぜい　います。学校が　休みの
日には　朝早く　図書館へ　行かないと、すわれないそうです。
　図書館で　本を　借りたい　ときは、(イ)。それは　かんたんです。学校の

学生しょうや　自動車の　運転めんきょしょうなど、じゅうしょや　名前が　はっきり
わかる　ものを　持って　いけば、すぐ　借りられます。借りたい　本が　きまったら、
うけつけへ　本を　持って　いきます。（　ウ　）、紙に　じゅうしょや　名前を　書きます。
書いたら　うけつけに　出して、学生しょうなどを　見せます。すると　すぐに　カードを
作って　くれます。つぎに　借りる　ときからは　もう　何も　書かなくても　この
カードを　出すだけで、（　エ　）。

【質問】　（ア）〜（オ）には　何が　入りますか。

（ア）1. もし　　　　　　2. どうして　　　　3. もちろん　　　4. もうすぐ

（イ）1. どうしたら　いいでしょう　　　　2. いつ　借りましたか

　　　3.何を　借りますか　　　　　　　4. だれと　行ったら　いいでしょう

（ウ）1. それでは　　　2. そして　　　3. だから　　　4. けれども

（エ）1. 借りません　　2. かえします　　3. 貸します　　4. 借りられます

（3）

　　あなたは　今、車を　運転して　いる。すると、後ろから　あなたより　はやい
車が　走って　きて、　あなたの　となりに　ならんだ。　その　とき、　あなたの
車も　となりの　車も　はやく　走って　いる　はずなのに　止まって　いる　ように
見える。その　あと、となりの　車は　どんどん　前に　すすんで　いく。あなたの
車も　はやく　走って　いるのに、となりの　車から　見ると、（　　　）ように
見えるだろう。　はやく　走って　いるのに　止まって　いる　ように　見えたり、
前に　走って　いるのに　後ろに　動いて　いる　ように　見えるのは　なぜだろう。

【質問】　（　　　）に　入れるのに、いちばん　いい　ものを　えらびなさい。

1. あなたの　車は　どんどん　前に　すすんで　いく

2. となりの　車も　どんどん　前に　すすんで　いく

3. あなたの　車は　後ろに　動いて　いる

4. となりの　車も　後ろに　止まって　いる

(4)

北山「おねがいしたい　ことが　あるんですが……。この　せつめいを　読んで
　　　くれませんか。わたしより　南田さんの　ほうが　英語が　よく　わかるから。」

南田「これは　ちょっと　ぼくには　むりだな。友だちの　西川さんは　英語が　とても
　　　よく　できるから、かれを　しょうかいして　あげるよ。」

【質問】　この　会話と　あう　ものは、どれですか。

　1. この　せつめいは　南田さんには　むずかしすぎます。

　2. 北山さんは　西川さんを　知っています。

　3. 北山さんは　せつめいが　よく　わかりました。

　4. 南田さんは　せつめいが　よく　読めました。

(5)

　さいきん、日本人は　こめを　あまり　食べない　ようです。1960年には　日本人
一人が　1年間に　115キログラムの　こめを　食べて　いました。しかし、1994年には、
66キログラムに　なって　しまった　そうです。これは、ほかに　食べる　ものが
ふえたからでしょう。また、せいかつが　いそがしいので、ゆっくり　食事を　する
時間が　ありません。特に、朝は、時間が　かかる　ごはんより、パンの　ほうが
かんたんに　食べられます。これも、ごはんを　食べない　りゆうだろうと　思います。

【質問】　正しい　ものは　どれですか。

　1. さいきん　こめを　食べる　人が　とても　多く　なりました。

　2. 前は　ごはんを　食べる　人が　少ししか　いませんでした。

　3. ごはんは　パンより　かんたんに　食べられます。

　4. さいきん、パンを　食べる　人が　多く　なって　きました。

(6)

　今日は　ひさしぶりに　しっかり　へやの　そうじを　した。もちろん　毎日
そうじを　して　いる　けれど、今日は　つくえや　本だなも　動かして、いつもは
そうじしない　ところも　きれいに　した。カーテンも　せんたくした。一日
かかったが、へやが　きれいに　なって　とても　気持ちが　いい。

【質問】　正しい　ものは　どれですか。

　1. いつもは　あまり　そうじを　しない。

　2. ながい　あいだ　そうじを　しなかった。

　3. きょうは　いつもより　ていねいに　そうじを　した。

　4. そうじは　しなかったが、せんたくを　した。

(7)

　イタリアの　山の　中で　古い　地図が　みつかった。それは、3500 年くらい　前の
地図で、むらの　道や　川などが　かいて　ある。この　時代の　人は　字を
知らなかったが、えを　使って　自分たちの　むらを　しょうかいしようと
考えたらしい。

【質問】　この　文から　わかる　ことは、どんな　ことですか。

　1. 3500 年くらい　前の　人は　字を　書くことが　できた。

　2. 地図の　れきしは　字の　れきしより　古い。

　3. 字が　ないと、地図を　かくことが　できない。

　4. えより　字の　ほうが　やさしい。

問題Ⅱ　つぎの　(1)から　(4)の　文を　読んで、質問に　答えなさい。答えは、
1・2・3・4から　いちばん　いい　ものを　一つ　えらびなさい。

(1)

　むすこの　ようちえんの　先生が　わたしに　言った。「英男くんの　かばんは、
お母さんが　作ったそうですね。じょうずですね。」わたしは、よく　意味が
わからなかったので、「えっ？」と　言った。あとで　もう　一度　先生から　話を
聞いて　わかった。むすこの　英男は、「お母さんが　この　かばんを　作って
くれた。」と　先生や　友だちに　言ったそうだ。けれども、英男が　言った　ことは
うそで、それは　わたしの　姉が　作った　かばんだった。かれは　先生や　友だちに
自分の　母が　いい　お母さんだと　思わせたかったのだ。

【質問1】　正しい　ものは、どれですか。

　1. 英男は、お母さんが　かばんを　作ったと　思った。

　2. 英男の　かばんは、お母さんが　作った。

　3. 英男の　お姉さんが　かばんを　作った。

　4. かばんを　作った　人は、英男の　おばさんだ。

【質問2】　英男は　どうして　うそを　言いましたか。

　1. 母は　じょうずに　かばんを　作れないから。

　2. 母が　かばんを　作って　くれたと　思ったから。

　3. 先生や　友だちに　いい　お母さんだと　思わせたかったから。

　4. 英男は　自分の　母が　いい　お母さんだと　思ったから。

(2)

　この　間の　土曜日、ある　中学校の　生徒たちが　学校の　近くの　ごみを
ひろった。たばこの　*¹すいがらや、ジュースの　*²あきかん、新聞、ざっし、食べ物を
つつんだ　紙などの　ごみで、どの　生徒の　ごみの　ふくろも　みじかい　時間で
いっぱいに　なった。子どもが　すてた　ごみも　もちろん　あるが、ほとんど　大人が
すてた　ごみだった。とくに　たばこの　すいがらが　多かった。生徒と　いっしょに
ごみを　ひろった　先生たちは、とても　⑴はずかしいと　思った。そして、「今度は
わたしたちだけで　⑵しましょう。」と　言った。

　　　注　＊１　すいがら：たばこを　すった　のこり

　　　　　＊２　あきかん：飲み物を　飲んで　しまった　後の　入れ物

【質問１】　　⑴「はずかしいと　思った」のは　どうして　ですか。

　１．子どもが　ごみを　すてた　から。

　２．生徒が　先生より　たくさん　ごみを　ひろったから。

　３．大人が　すてた　ごみが　多かった　から。

　４．ごみを　ひろわない　生徒が　いたから。

【質問２】　⑵「しましょう」とは、何を　するのですか。

　１．子どもだけで　ごみを　ひろう。

　２．大人だけで　ごみを　ひろう。

　３．大人と　子どもが　いっしょに　ごみに　ついて　話す。

　４．大人が　集まって　ごみに　ついて　話す。

(3)

　きのうは　朝から　強い　風が　ふいて、雨も　一日中　ふって　いた。しかし、
今日は　空が　きれいに　はれた。「きのうの　台風は　どこへ　行ったのだろう」と
考えながら　げんかんの　ドアを　開けて　みて　おどろいた。家の　前は、雨と　風で
とばされた　木の　はで　いっぱいだった。ちゅうしゃじょうでは　木が　たおれて
いた。「今日の　空は　こんなに　明るい　けれど、（　　　）」と　わたしは　思った。

【質問1】 どうして 「おどろいた」の ですか。

1. 思った より いい 天気だったから。

2. 外へ 出たら、雨が ふって、風が ふいて いたから。

3. 木の はが とばされたり、木が たおれたり して いたから。

4. 台風が どこへ 行ったか わからなかったから。

【質問2】 （　　　）に 入れるのに いちばん いい ものを えらびなさい。

1. これから 雨が ふるかも しれない

2. たしかに 台風は 来たのだ

3. 台風が どこへ いったか わからない

4. きっと 台風は 来るだろう

（4）

　先週、月曜日から ずっと あたまが いたかったので、土曜日に 病院へ 行った。いろいろ しらべた あとで、お医者さんが 「（　ア　）」と 言ったので、少し安心した。しかし、お医者さんは「体には 悪い ところが なくても、（　イ　）、あたまが いたく なる ばあいも あります。ですから、目を しらべて もらったほうが いいですね」と 言った。そして、「目の 先生は 毎週 金曜日に この病院へ いらっしゃるので、今日は だめですが、来週の 金曜日に また（　ウ　）」と 言った。わたしは 金曜日の よやくを して 家に 帰った。今日もやっぱり あたまが いたい。本を 読みすぎたから、目が つかれて いるのかもしれない。金曜日に 目の 先生に よく しらべて もらおう。

【質問1】 （ア）には どんな ことばが 入りますか。

1. いろいろ しらべて あげました。

2. お大事に なさって ください。

3. 体に 悪い ところは ないようです。

4. 目が 悪いようです。

【質問2】 （イ）には どんな ことばが 入りますか。

1. 悪い 病気が あると
2. 夜 よく ねないと
3. 体が つかれると
4. 目に 悪い ところが あると

【質問3】 （ウ）には どんな ことばが 入りますか。

1. 来ますか
2. 来られますか
3. 来られましたか
4. 来ましょうか

【質問4】 正しい ものは どれですか。

1. 今週の 金曜日に また 病院へ 行きます。
2. 来週の 金曜日に 目を しらべて もらいます。
3. 先週の 土曜日に 目を しらべて もらいました。
4. 来週の 金曜日に また この 先生に みて もらいます。

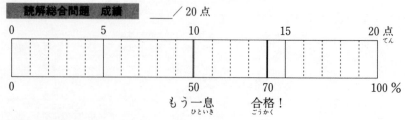

模擬テスト

文字・語彙
もじ　ごい

問題Ⅰ _____の　ことばは　どう　読みますか。1・2・3・4から　いちばん
　　　いい　ものを　一つ　えらびなさい。

問1 かれは (1)外国を　自転車で (2)旅行する (3)計画を　立てた。

(1)外国　　　　1. がいくに　　2. かいこく　　3. がいこく　　4. がいごく

(2)旅行　　　　1. りょうこ　　2. りょこう　　3. りょうこう　4. りょこ

(3)計画　　　　1. けいかく　　2. けいが　　　3. けいか　　　4. けいがく

問2 (1)白い　セーターを (2)着て　いる　あの　方は (3)有名な (4)画家です。

(1) 白い　　　　1. くろい　　　2. あかい　　　3. あおい　　　4. しろい

(2) 着て　　　　1. ちゃくて　　2. ついて　　　3. きて　　　　4. きって

(3) 有名な　　　1. ゆうめいな　2. ゆめな　　　3. ゆうめな　　4. ゆめいな

(4) 画家　　　　1. がけ　　　　2. がか　　　　3. がっか　　　4. かっか

問題Ⅱ _____の　ことばは　漢字を　つかって　どう　書きますか。
　　　　1・2・3・4から　いちばん　いい　ものを　一つ　えらびなさい。

問1 (1)しゅっぱつする　人たちが (2)うんどう場に (3)あつまった。

(1) しゅっぱつ　1. 出祭　　　　2. 出発　　　　3. 始発　　　　4. 出初

(2) うんどう　　1. 運働　　　　2. 連働　　　　3. 軍動　　　　4. 運動

(3) あつまって　1. 集まった　　2. 厚まった　　3. 暑まった　　4. 熱まった

問2 (1)ふゆの　山は　すばらしい。(2)とくに (3)あさの　つめたい (4)くうきが　すきだ。

(1) ふゆ　　　　1. 秋　　　　　2. 春　　　　　3. 冬　　　　　4. 夏

(2) とくに　　　1. 特に　　　　2. 待に　　　　3. 持に　　　　4. 侍に

(3) あさ　　　　1. 明　　　　　2. 朝　　　　　3. 潮　　　　　4. 期

(4) くうき　　　1. 写木　　　　2. 空気　　　　3. 字気　　　　4. 安木

問題III つぎの 文の ＿＿＿の ところに 何を 入れますか。1・2・3・4から いちばん いい ものを 一つ えらびなさい。

(1) みなさん、えんりょを しないで、どんどん ＿＿＿を 言って ください。

　1. 意見　　　　　　2. 会話　　　　　　3. 話題　　　　　　4. 気分

(2) 学校の じゅうしょが わかりません。＿＿＿ みます。

　1. くらべて　　　　2. つたえて　　　　3. しらべて　　　　4. そだてて

(3) きゃくが 多かったので、ビールが ＿＿＿か どうか しんぱいだった。

　1. たす　　　　　　2. ためる　　　　　3. たりる　　　　　4. たしかめる

(4) この 車は 200キロの ＿＿＿が 出る。

　1. スロープ　　　　2. スカーフ　　　　3. スピード　　　　4. ストーブ

(5) ほんとうに かのじょが 来るか どうか、＿＿＿では ありません。

　1. じっさい　　　　2. たしか　　　　　3. うそ　　　　　　4. だいじょうぶ

(6) 話す 時間が 長く なると、電話＿＿＿が 高く なります。

　1. 金　　　　　　　2. 代　　　　　　　3. ちん　　　　　　4. 台

問題IV つぎの＿＿＿の 文と だいたい 同じ いみの 文は どれですか。
　　　1・2・3・4から いちばん いい ものを 一つ えらびなさい。

(1) 二つの うち どちらかを おとりください。

　1. 二つ とっても いいです。　　　2. りょうほう とっても いいです。

　3. どちらも おとりください。　　　4. 一つ おとりください

(2) どうぞ こちらに おかけください。

　1. よんで ください。　　　　　　　2. すわって ください。

　3. 来て ください。　　　　　　　　4. 電話して ください。

145

文法
ぶんぽう

問題 I　（　）の　ところに　何を　入れますか。1・2・3・4から　いちばん
　　いい　ものを　一つ　えらびなさい。

(1)　つかれましたね。何（　　）　飲みたいですね。
の
　　1. が　　　　　　　　2. か　　　　　　　　3. も　　　　　　　　4. を

(2)　A「ドイツ語の　ぶんぽうは　むずかしいでしょう。」
　　　B「いいえ、日本語（　　）　むずかしくないです。」
　　1. ほど　　　　　　　2. ほどに　　　　　　3. くらい　　　　　　4. の　ほうが

(3)　じしん（　　）　家が　たおれました。
いえ
　　1. が　　　　　　　　2. は　　　　　　　　3. に　　　　　　　　4. で

(4)　山田さんは　むすめ（　　）　ピアノを　習わせて　います。
やまだ　　　　　　　　　　　　　　　　習わせて　　　　　　なら
　　1. が　　　　　　　　2. を　　　　　　　　3. に　　　　　　　　4. と

(5)　この　スーパーは　安い（　　）、品物も　多いので　いつも　こんで　います。
しなもの　おお
　　1. や　　　　　　　　2. と　　　　　　　　3. し　　　　　　　　4. か

(6)　子どもは　母親の　かおを　見て、急に　（　　）。
ははおや　　　　　　　　　　きゅう
　　1. なこう　　　　　　2. なきたかった　　　3. ないて　いた　　　4. なきだした

(7)　A「いっしょに　お昼を　食べませんか。」
ひる
　　　B「今　（　　）　ところで、おなかが　いっぱいです。」
　　1. 食べる　　　　　　2. 食べて　いる　　　3. 食べた　　　　　　4. 食べて

(8)　あまい　もの（　　）　食べて　いると、　はが　悪く　なるよ。
わる
　　1. でも　　　　　　　2. しか　　　　　　　3. くらい　　　　　　4. ばかり

(9) これから テニスを （　　）と 思います。いっしょに しませんか。

1. しよう　　　　　2. する　　　　　　3. するだろう　　　4. する　つもり

(10) 父の 楽しみは 人の 話を （　　）です。

1. 聞くの　　　　　2. 聞く　ところ　　3. 聞く　はず　　　4. 聞く　こと

(11) おすしも おいしそうですが、わたしは そばに （　　）。

1. たべます　　　　2. なります　　　　3. あります　　　　4. します

(12) ゆきさんの お母さんは やさしい 方だ （　　）ですね。

1. はず　　　　　　2. らしい　　　　　3. そう　　　　　　4. よう

(13) メアリさんは 日本が とても すきで、国へ （　　）。

1. 帰りたくない　　2. 帰りたい　　　　3. 帰りたがった　　4. 帰りたがらない

(14) 早く 日本語の 新聞が （　　） ように なりたい。

1. 読む　　　　　　2. 読める　　　　　3. 読まれる　　　　4. 読ませる

(15) 日本の 車は いろいろな 国へ ゆしゅつ（　　） います。

1. して　　　　　　2. させて　　　　　3. されて　　　　　4. させられて

(16) 家の 前で 大きな 音が （　　）。じこだと 思った。

1. あった　　　　　2. した　　　　　　3. いた　　　　　　4. でた

(17) A「ヤンさんが あそこで ねて いますよ。」

　　B「ずいぶん つかれて いる （　　）ですね。」

1. よう　　　　　　2. はず　　　　　　3. らしい　　　　　4. そう

(18) すみません。この ビールを れいぞうこに 入れて （　　） ください。

1. いて　　　　　　2. おいて　　　　　3. あって　　　　　4. して

(19) 先生が　妹を　うちまで　送って　（　　　）ました。

1. あげ　　　　　　2. いただき　　　　3. ください　　　　4. さしあげ

(20) ねつが　あるね。この　くすりを　飲んで、すぐ　（　　　）なさい。

1. ねる　　　　　　2. ねた　　　　　　3. ねろ　　　　　　4. ね

(21) 父は　わたしに　勉強しろ（　　　）。

1. を　言う　　　　2. と　言う　　　　3. を　言われた　　4. が　言われた

(22) この　花は　あまり　水を　やり（　　　）　ください。

1. すぎないで　　　2. ださないで　　　3. やすくて　　　　4. つづけて

(23) 大切に　して　いた　時計を　弟に　（　　　）。

1. こわして　いた　　　　　　　　　3. こわして　あった

3. こわれて　いた　　　　　　　　　4. こわされて　しまった

(24) A「どうぞ　お（　　　）ください。」　　　B「しつれいします。」

1. 入る　　　　　　2. 入って　　　　　3. 入り　　　　　　4. 入られて

問題II　（　　）の　ところに　何を　入れますか。　1・2・3・4から　いちばん
　　　いい　ものを　一つ　えらびなさい。

(1) A「もう　少し　安い　へやは　ありませんか。」
　　　B「安い　へやですね。（　　　）　いいですか。」

1. 広くないなら　　2. 広くなければ　　3. 広くなかった　　4. 広くなくても

(2) A「沖縄へ　行った　ことが　ありますか。」　　　B「いいえ。一度　（　　　）。」

1. 行きました　　　　　　　　　　　2. 行って　みたいです

3. 行って　います　　　　　　　　　4. 行って　しまいたいです

(3) A「夏休み、どうしますか。」　B「わたしは　アルバイトを　する　（　　　）。」

1. ように　なります

2. のを　きめます

3. ことに　しました

4. のに　いいです

(4) A「先生、外が　うるさいので　聞こえません。」

　　B「では、（　　　）、音を　大きく　しましょう。」

1. よく　聞かない　ために

2. よく　聞こえるように

3. あまり　聞こえないように

4. あまり　聞けない　ために

(5) A「どうして、そんなに　飲んだの。」　B「社長に　（　　　）よ。」

1. 飲まされたんだ

2. 飲まれたんだ

3. 飲みすぎされたんだ

4. 飲みつづけたんだ

(6) A「よく　見て　ください。こう　すれば、うまく　できますよ。」

　　B「ああ、（　　　）。わかりました。やって　みます。」

1. どう　するんですか

2. こう　しませんか

3. そう　するんですか

4. そう　しましょうか

(7) A「あのう、もう　30分も　待って　いるんですが。まだですか。」

　　B「たいへん　（　　　）。こちらへ　どうぞ。」

1. お待ちに　なりました

2. お待ちいたしました

3. お待たせに　なりました

4. お待たせしました

読解
どっかい

問題Ｉ　つぎの　(1)～(6)の　文を　読んで、質問に　答えなさい。答えは、
　　　　1・2・3・4から　いちばん　いい　ものを　一つ　えらびなさい。

(1)

　「わたしは　さけの　あじが　わかる」と　言う　男が　いた。ある日、けっこんした
友だちの　うちへ　おいわいに　さけを　持って　行った。男は　「これは　いちばん
いい　さけだ。」と　言って　友だちに　わたした。友だちは　よろこんで　ごちそうを
出した。しかし、男は　ごちそうを　食べないで、さけばかり　飲んだ。そして、赤い
かおを　して、「この　さけは　おいしくない。わたしが　持って　きた　さけを　出して
くれ。」と　言った。友だちの　おくさんが　「これですね。」と　言って　だいどころから
さけを　持って　きた。さけは　もう　少ししか　のこって　いなかった。それを
見ると、男は　あおく　なった。そして、何も　言わないで　帰って　いった。

【質問】 どうして「あおく　なった」のでしょうか。

1. 男が　ごちそうを　食べなかったので、友だちが　おこって　いたから。
2. おくさんが　だいどころから　ちがう　さけを　持って　きたから。
3. 自分が　持って　きた　さけが　もう　なくなって　しまったから。
4. 自分が　持って　きた　さけを　飲んで　いた　ことが　わかったから。

(2)

　今日は　「せいじんの　日」で、学校も　会社も　休みだ。町には　きれいな　着物を
着た　わかい　女の　人や、新しい　服を　着て　ネクタイを　した　わかい　男の　人が
たくさん　いる。20さいに　なった　おいわいを　する　人たちだ。おさけを　飲んで
さわぐ　人も　いる。せいじんに　なったら　何でも　自分の　すきなように　できると
よろこぶ　人も　いる。しかし、「せいじんの　日」は　ほんとうは　楽しむ　日では
ないと　思う。20さいに　なったら、もう　大人だから　りょう親に　世話を　して
もらわないで、自分で　何でも　やらなければ　ならない。この　日は　大人に　なった
意味を　よく　考える　日だと　思う。

【質問】 どうして 「楽しむ 日では ない」と 思うのですか。

1. おさけを 飲んで さわぐのは よくないから。

2. 大人に なった 意味を よく 考えなければ ならないから。

3. りょう親の 世話を しなければ ならないから。

4. もう 自分で 何でも やらなければ ならない 日だから。

(3)

　人は、話を 聞くとき、ことばは ほとんど 聞かないと いう。会話を するとき、聞く ほうの 人に 何が いちばん 強く かんじられるかを しらべた。それに よると、どんなに 気持ちを 入れて 話を しても、ことばは 7パーセントの メッセージしか つたえない。しかし、こえの 大きさ、イントネーションなどは 38パーセント、そして、メッセージの 55パーセントは、話す ときの かおとか 服などの 「見た目」に よって つたえられる。せいじ家が（　　　　）のは、この りゆうからだろう。

(上前淳一郎『読むクスリ 19－ひとを見る目』文春文庫。一部改)

注：＊1　メッセージ：つたえたい こと

　　　＊2　イントネーション：話す とき、こえを 上げたり 下げたり する こと

【質問】（　　）に 入るのは どれですか。

1. 話す 前に 話す ことを よく 考えて わかりやすく する

2. かおの いい せいじ家は いい せいじ家では ないと 言う

3. 「見た目」を 気に する のは よくない ことだと 言う

4. 話す こと よりも、話し方や、ネクタイの 色に 気を つける

(4)

　わたしの 家は こうえんの そばに あります。駅から 少し とおいですが、しずかです。かないは 店が 少なくて、買い物に ふべんだと 言いますが、こうえんには いつも きれいな 花が さいて いるし、鳥も たくさん います。夜に なると、ほしが たくさん 見えます。ゆっくり 生活できて、とても いい ところだと 思って います。毎朝 公園を さんぽするのを 楽しみに して います。

【質問】 これを 書いた 人の 気持ちと いちばん 近いのは、どれですか。

1. わたしの 家の 近くに こうえんが あるから、とてもべんりだ。

2. わたしの 家は 駅から とおいけれど、 いい ところだ。

3. わたしの 家の 近くには 店が ぜんぜん ないから、こまる。

4. あしたから 毎朝 こうえんを さんぽする つもりだ。

(5)

　電話で 話を 聞く とき、まちがえる ことが あります。特に ばんごうや 日にちは よく まちがえます。たとえば、「いち」と 「しち」、「よっか」と 「ようか」 などです。それから、人の 名前も ときどき まちがえます。「ながたさん」か、 「なかださん」か、よく わからない ことも あります。そんな ときは、もう 一度 言って もらえば いいのですが、人の 名前などは、漢字を 聞くと わかりやすいでしょう。聞くのは 少し はずかしいですが、まちがえないように する ことの ほうが 大切です。

【質問】 正しい ものは どれですか。

1. 電話は、よく まちがいを する きかいです。

2. すうじより 人の 名前を まちがえやすいです。

3. 人の 名前は、どんな 字を 書くか 聞くと いいです。

4. まちがえると はずかしいので、話さない ほうが いいです。

問題Ⅱ つぎの 文を 読んで 質問に 答えなさい。答えは 1・2・3・4から いちばん いい ものを 一つ えらびなさい。

　世界の 人口は 今も どんどん ふえて いる。1びょうに 3人（ ① ） ふえると 言われて いる。人口が ふえて いる ある 国では、「子どもが 多い ほうが せいかつが よく なる」と 考える 人が 多い。だから 「子どもは 1人だけ」などと 国が きめても、子どもの かずは ぜんぜん へらない。このまま 人口が ふえたら、 食べ物や 電気などが 足りなく なる ことは たしかだ。

（　②　）、子どもの　かずが　へって　こまって　いる　国も　多い。日本も　その
一つだ。りょう親と　子どもだけの　家族が　ふえたし、女せいが　けっこんしても　仕事を
やめないで　はたらく　ことが　ふつうに　なったし、けっこんしない　女せいも
ふえた。子どもを　何人も　そだてるのは　むずかしく　なって　いるのだ。日本の
子どもの　かずは　どんどん　へって　いる。人口が　ふえない　という　てんでは
③いい　ことかも　しれない。しかし、医学の　おかげで　人は　長く　生きられるように
なって、（　④　）。しょうらいの　社会を　考えると、はたらく　人の　かずが　へって
いるのに、世話を　して　もらう　人の　かずが　ふえるのは　（　⑤　）。

【質問1】　（　①　）に　入る　ことばは　どれですか。

1. 以外　　　　　　　2. 以下　　　　　　　3. おき　　　　　　　4. ずつ

【質問2】　（　②　）に　入る　ことばは　どれですか。

1. さいごに　　　　　2. はんたいに　　　　3. ほんとうに　　　　4. そんなに

【質問3】　③何が　「いい　こと」ですか。

1. りょう親と　子どもだけの　家族が　ふえたこと。
2. 女せいが　けっこんしても　仕事を　やめない　こと。
3. 子どもの　かずが　へって　いること
4. 医学の　おかげで　人が　長く　生きられるように　なった　こと。

【質問4】　（　④　）に　入る　文は　どれですか。

1. 年を　とった　人の　わりあいが　だんだん　大きく　なって　きた
2. 年を　とった　人が　病院へ　行きたがるように　なって　きた
3. 子どもが　年を　とった　人を　大切に　しなく　なって　きた
4. 子どもの　わりあいが　どんどん　大きく　なって　きた

【質問5】　（　⑤　）に　入る　ことばは　どれですか。

1. しかたが　ない　ことだ　　　　　　2. 安心な　ことだ
3. よく　ある　ことだ　　　　　　　　4. こまった　ことだ

模擬テスト　解答

文字・語彙　解答

問題Ｉ［４点×７問］　問１(1) 3　(2) 2　(3) 1　問２(1) 4　(2) 3　(3) 1　(4) 2

問題ＩＩ［４点×７問］　問１(1) 2　(2) 4　(3) 1　問２(1) 3　(2) 1　(3) 2　(4) 2

問題ＩＩＩ［５点×６問］　(1) 1　(2) 3　(3) 3　(4) 3　(5) 2　(6) 2

問題ＩＶ［７点×２問］　(1) 4　(2) 2

文字・語彙　成績　＿＿＿／100 点

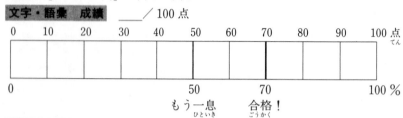

もう一息　　合格！

文法　解答

問題Ｉ［３点×24問］　(1) 2　(2) 1　(3) 4　(4) 3　(5) 3　(6) 4　(7) 3　(8) 4　(9) 1　(10) 4
(11) 4　(12) 3　(13) 4　(14) 2　(15) 3　(16) 2　(17) 1　(18) 2　(19) 3　(20) 4　(21) 2　(22) 1　(23) 4　(24) 3

問題ＩＩ［４点×７問］　(1) 4　(2) 2　(3) 3　(4) 2　(5) 1　(6) 3　(7) 4

文法　成績　＿＿＿／100 点

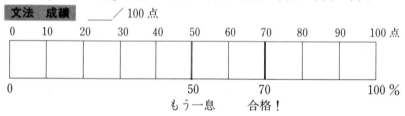

もう一息　　合格！

読解　解答

問題Ｉ［５点×10問］　(1) 4　(2) 2　(3) 4　(4) 2　(5) 3

問題ＩＩ［５点×10問］　【質問１】4　【質問２】2　【質問３】3　【質問４】1　【質問５】4

読解　成績　＿＿＿／100 点

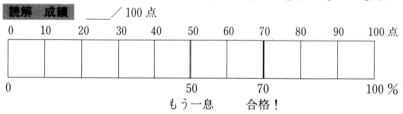

もう一息　　合格！

著者略歴

星野恵子（ほしの　けいこ）

東京芸術大学音楽部卒業（専攻：音楽学）。名古屋大学総合言語センター講師などを経て、現在、ヒューマン・アカデミー日本語学校主任講師、エコールプランタン日本語教師養成講座講師。共著書に、『実力アップ！日本語能力試験』シリーズ、『にほんご90日』（いずれもユニコム）がある。

辻　和子（つじ　かずこ）

京都大学大学院農学研究科修士修了。弥勒の里国際文化学院日本語学校専任講師、富士国際学院日本語学校講師を経て、現在、ヒューマン・アカデミー日本語学校東京校専任講師。共著書に『にほんご90日』（ユニコム）がある。

村澤慶昭

筑波大学第二学群日本語・日本文化学類卒業、東京大学大学院医学系研究科修了。横浜国立大学、東京音楽大学、國學院大学、東京国際大学付属日本語学校講師。共著書に『にほんご90日』（ユニコム）『にほんごパワーアップ総合問題集』（ジャパンタイムズ）がある。

日本語能力試驗 **3級・4級** に合格！

予想と対策
日本語能力試驗
3級・4級受驗問題集
每套訂價（書＋CD）：420元

這本問題集是針對要參加日本語能力測驗 3 級和 4 級的人所準備。問題的題型就如同真正考試的題型一般，「文字・語彙」、「聽解」、「讀解・文法」等三部份。在 3 級的問題集中，依據各自的問題型式及其內容的不同，均有不同的單元可供練習，無論從哪一個單元開始練習皆無妨，也可以只練習自己最弱最不拿手的部分。本書還附有「聽解問題和解答」，所以請配合著 CD，雙管齊下，熟悉日語正確的發音，以助於正式考試時的聽力部份。

目　錄

※日本（株）アルク授權　鴻儒堂出版社發行※

日本語能力試験　1級に出る重要単語集

松本隆・市川綾子・衣川隆生・石崎晶子・野川浩美・
松岡浩彦・山本美波　編著

◆本書特色

有效地幫助記憶日本語1級能力試驗常出現的單字與其活用法。

左右頁內容一體設計，可同時配合參照閱讀，加強學習效果。

小型32開版面設計，攜帶方便，可隨時隨地閱讀。

可作考前重點式的加強復習，亦可作整體全面性的復習。

例文豐富、解說完整，測驗題形式與實際試題完全一致。

索引附重點標示，具有字典般的參考價值。

書本定價：200元

一套定價（含CD）：650元

日本語能力試驗漢字ハンドブック

アルク日本語出版社編輯部　編著

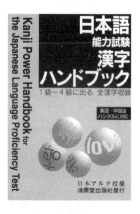

　　漢字是一字皆具有意義的「表意文字」，就算一個漢字有
很多唸法，但只要知道漢字意思及連帶關係就可以掌握漢
字，所以只要認得一個漢字，也就可以記住幾個有關連的單
字。本辭為消除對漢字的恐懼，可以快速查到日常生活中用
到的漢字意思及使用方法而作成的，並全面收錄日本語能力
試驗一到四級之重要單字。

定價：220元

日本語測驗 STEP UP 進階問題集系列　好評發售中

日本語測驗 STEP UP
進階問題集　中級

日本語測驗 STEP UP
進階問題集　上級

日本語測驗 STEP UP 進階問題集
上級聽解（附CD）

アルク授權　鴻儒堂出版社發行

鴻儒堂出版社　日本語能力試驗系列

日本語能力試驗　　1 級受驗問題集（單書 180 元，書+卡 420 元）

　　　　　　　　　　2 級受驗問題集（單書 180 元，書+卡 420 元）

　　　　　　　　　　3 級・4 級受驗問題集（附 CD 不分售，420 元）

松本隆・市川綾子・衣川隆生・石崎晶子・瀬戸口彩　編著

　　本系列書籍的主旨，是讓讀者深入了解每個單元所有的問題，並
對照正確答案，找錯誤癥結所在，最後終能得到正確、完整的知識。
每冊最後均附有模擬試題，讀者可將它當成一場真正的考試，試著在
考試的時間內作答，藉此了解自己的實力。

---

1 級　日語能力測驗對策　2 回模擬考
　　石崎晶子／古市由美子／京江ミサ子　編著
2 級　日語能力測驗對策　2 回模擬考
　　瀬戸口彩／山本京子／淺倉美波／歌原祥子　編著

　　以 2 回模擬考來使日語實力增強，並使你熟悉正式日語能力測驗時
的考試題型，熟能生巧。並有 CD 讓你做聽力練習，兩者合用，更可測
出自己的實力，以便在自己的弱點上多作加強。

1 級（含 CD2 枚）定價：580 元
2 級（含 CD2 枚）定價：580 元

これで合格　日本語能力試驗　1 級模擬テスト
これで合格　日本語能力試驗　2 級模擬テスト

衣川隆生・石崎晶子・瀬戸口彩・松本隆　編著

　　本書對於日本語能力測驗的出題方向分析透徹，同時提供了答題訣
　竅，是參加測驗前不可或缺的模擬測驗！

1 級（含錄音帶）：480 元
2 級（含錄音帶）：480 元

日本語能力試験　1級に出る重要単語集

松本隆・市川綾子・衣川隆生・石崎晶子・野川浩美・
松岡浩彦・山本美波　編著

◆本書特色

　　有效地幫助記憶日本語１級能力試驗常出現的單字與其活用法。

　　左右頁內容一體設計，可同時配合參照閱讀，加強學習效果。

　　小型 32 開版面設計，攜帶方便，可隨時隨地閱讀。

　　可作考前重點式的加強復習，亦可作整體全面性的復習。

　　例文豐富、解說完整，測驗題形式與實際試題完全一致。

　　索引附重點標示，具有字典般的參考價值。

書本定價：200 元

一套定價（含 CD）：650 元

日本語能力試験漢字ハンドブック

アルク日本語出版社編輯部　編著

　　漢字是一字皆具有意義的「表意文字」，就算一個漢字有
很多唸法，但只要知道漢字意思及連帶關係就可以掌握漢
字，所以只要認得一個漢字，也就可以記住幾個有關連的單
字。本辭為消除對漢字的恐懼，可以快速查到日常生活中用
到的漢字意思及使用方法而作成的，並全面收錄日本語能力
試驗一到四級之重要單字。

定價：220 元

日本語測驗 STEP UP 進階問題集系列　好評發售中

日本語測驗 STEP UP
進階問題集　中級

日本語測驗 STEP UP
進階問題集　上級

日本語測驗 STEP UP 進階問題集
上級聽解（附 CD）

アルク授權　鴻儒堂出版社發行

國家圖書館出版品預行編目資料

日本語測驗 STEP UP 進階問題集＝Self-garded
Japanese language test progressive
exercises beginning level.　初級 ／ 星野惠
子，辻 和子，村澤慶昭著.　-- 初版.　−
臺北市：鴻儒堂，民 90
　　　面；公分

　ISBN　957-8357-36-2 (平裝)

　1.日本語言—問題集

803.189　　　　　　　　　　　　　90007837

自我評量法
日本語測驗　STEP UP
進階問題集　初級

Self-graded Japanese Language Test Progressive Exercises

Beginning Level

定價：200 元

2001 年（民 90）6 月初版一刷
2007 年（民 96）7 月初版二刷
本出版社經行政院新聞局核准登記
登記證字號：局版臺業字 1292 號

著　　者：星野惠子・辻和子・村澤慶昭
發 行 人：黃　成　業
發 行 所：鴻儒堂出版社
地　　址：台北市中正區開封街一段 19 號 2 樓
電　　話：02-23113810、02-23113823
傳　　真：02-23612334
郵政劃撥：01553001
電子信箱：hjt903@ms25.hinet.net
法律顧問：蕭雄淋律師

鴻儒堂出版社設有網頁歡迎多加利用

網址：http://www.hjtbook.com.tw/